# 親愛的，請妳在乎一下

君靈鈴 著

天空數位圖書出版

# 目錄

楔　子

「媽咪，外面那個叔叔說他是爸爸。」

「對。」

「喔，那爸爸他問為什麼他不可以進來。」

「因為沒有必要。」

「喔，那就讓爸爸在外面嗎？」

「對。」

「媽咪妳討厭爸爸嗎？」

「沒有特別討厭也沒有特別喜歡。」

「那爸爸可以進來嗎？」

「你想爸爸進來？」

「沒有，只是他剛剛一直吵著要進來，跟小孩子一樣。」

「嗯，所以你不可以成為那樣的人。」

「喔，好，那媽咪我們可以吃飯飯了嗎？」

「好，今天有你愛吃的肉肉。」

「哇！謝謝媽咪，我要吃很多很多很多，都要吃光光！」

　　一陣對話結束，一對母子大手牽著小手走到飯廳去了，而門外的男人手撫著額臉色鐵青，一股涼意瞬間朝他襲擊而來不說，而且很不客氣直接衝擊他腦門。

　　明明是大熱天，怎麼他覺得很「涼爽」呢？

非常勉強才按下翻白眼的衝動，韓睿毅雖然非常不高興但偏偏他又很明白

裡頭那位是他兒子的媽，而且這位小姐一直以來都是這種個性，這種可以讓他瞬間心火大冒的個性，雖然很殺他自尊心他也不是很想承認，但是他還是得說……

她從來沒有在乎過他！

一點也沒有！

# 一、令人頭痛的兒子

　　微風輕拂的午後，涼爽的天氣舒爽宜人，是個適合年輕時努力奮鬥打下一片江山現在已經退休的男人跟心愛妻子一起喝喝下午茶賞賞景的好時刻。

　　不過天氣雖好夫妻倆感情也從來未變，但偏偏這對夫妻喝著茶但表情卻都不太好看。

　　「老公，再這麼下去咱們兒子就要成為紈褲子弟的最佳代言人了。」雙雙沉默好一會兒後，顏靜蘭看著丈夫，語氣中皆是無奈。

　　「老婆，紈褲子弟這個詞太陳舊也不太貼切，我個人覺得渣男這個詞比較適合咱們兒子。」韓仲柏說完還不忘搖搖頭。

　　「老公，說渣男會不會太誇張？」畢竟說的人是自己兒子，顏靜蘭覺得這等名詞還是有點不太妥。

　　「我就覺得奇怪，那小子到底是遺傳到誰？我這個做父親的由始至終也就他母親一個女人，從來也沒有什麼花邊新聞，怎麼他一天到晚換女人，而且最喜歡的居然是吃窩邊草？」韓仲柏當場翻了個白眼。

　　「是啊……說到窩邊草，我都記不清咱們兒子到底換過幾個秘書了。」是十二個還是二十個？

　　「所以說這小子到底上班到底是在辦公還是在泡妞？」而秘書又是幫忙辦公還是成天只想著自己可以藉此飛上枝頭變鳳凰卻又在不久後被捨棄？

　　但不管是哪個，這任憑韓仲柏怎麼想都覺得兒子根本就是欠揍！

　　他兒子怎麼會這麼渣？

　　他再睜一隻眼閉一隻眼下去可以嗎？

　　雖說他兒子是不會強迫女人，兩方是你情我願，但這樣下去總歸不是什麼好事吧？

　　況且再讓他兒子這樣玩下去，他們這對夫妻到底什麼時候才可以抱到孫子？

　　「老公，如果兒子不能寄望，我們應該寄望孫子有出息對吧？」顏靜蘭苦笑著說。

　　「那也得有孫子啊！」沒有還能有什麼寄望？

　　「真的沒有嗎？」來個私生子驚喜顏靜蘭現在也是可以接受的，因為兒子已經沒救了嘛！

　　「沒有……我讓人很徹底查過了。」韓仲柏一臉扼腕的表情。

　　「兒子這麼小心啊？」嘖！至於嘛？

　　「那小子在這方面是很小心，所以咱們要抱孫子還言之過早……」或者說是機會渺茫。

　　「那怎麼辦？」顏靜蘭一臉憂鬱。

「怎麼辦？怎麼辦這個問題我……」韓仲柏沉吟了下，忽然眼一睜，心底有了主意。

「老公？」看丈夫的表情，顏靜蘭就知道丈夫有了主意。

「先不管孫子的問題，至少我得讓那小子別再胡搞下去，既然他愛吃窩邊草，那我就先從這裡下手！」韓仲柏眼中露出精光。

「什麼意思？」顏靜蘭看著霸氣外洩的丈夫。

「我雖然已經退休了，但權力還是有的，那小子既然喜歡吃窩邊草，那麼我就剝奪他自己應聘秘書的權力，誰當他秘書由我決定！」退休可不代表什麼事都管不了，畢竟他仍掛名董事長呢！

「這樣能解決問題嗎？」顏靜蘭一臉疑惑。

「至少先把他喜歡吃窩邊草的壞習慣給改了！其他的我們再商議吧。」江山易改本性難移，要改也不是一天兩天的事，但身為父母，他想他們夫妻是有責任的，所以非得把兒子的風流性格矯正過來不可。

「也是，最嚴重的是這方面，那就先從這方面下手也是個辦法。」顏靜蘭認同的點頭。

只是……

用什麼方法矯正？

「等我打完電話妳就知道了。」韓仲柏眼底閃過一抹狡詰的光芒。

用什麼方法矯正？

這還不簡單，讓窩邊草不合胃口不就行了！

# 二、空降

　　方海筠大概是整個韓氏企業最不起眼的員工了。

　　她總是樸素打扮，也不太與人交流，給人感覺很沒存在感也很宅女，而實際上她是真的很宅，基本上除了上下班以及採購食物及生活用品外是不太出門的。

　　而她的外表也不屬於亮眼型的，反倒是人說的一眼就忘那種類型，但她的工作能力很好，辦公效率極佳，只是因為很容易被忽略，所以在主管要提名升遷名單時老是被遺忘，也就成了韓氏裡最底層的一隻勤奮工蟻。

　　但誰知道一隻普通不起眼的工蟻也會有出頭天的一日，這天她被主管叫進辦公室，然後就被賦予了一個非常神聖的任務。

　　「海筠，妳聽懂了嗎？」方海筠的主管雖然一直沒搞懂這個下屬，但是上頭的命令不得不從，他只能宣布聖旨。

　　「課長，為什麼？」聖旨方海筠是聽懂了，但不懂為什麼總經理秘書這種崇高的職位會落到她頭上。

　　這不太對吧？

　　雖然她平時也不太注意這種事，但她卻知道公司這位風流總經理喜歡自己挑秘書，而且很喜歡跟秘書有一腿，說穿了自己挑秘書就是為了有一腿，她記得很多時候無意中聽到的消息是這樣的。

「妳是問為什麼選妳嗎？」畢竟也當了方海筠的課長挺久了，雖然她不起眼也不多話，個性更是有點古怪孤僻，但身為她的課長，這點程度的問句還是可以理解的。

「對。」這很奇怪不是嗎？

「咳……因為妳是當事人所以我就跟妳老實說了，這件事是董事長下令的，他老人家因為覺得自己兒子太愛吃窩邊……呃，不對，是非常愛護秘書，對每個秘書都非常好，好到他老人家覺得總經理該樹立一點風範跟威嚴，再加上他老人家認為陪總經理出外洽公的女性打扮與長相都不該太過出挑影響業績，所以命令人事部挑選出公司內最不起眼最勾不起……呃，不是，是最樸實無華又可以帶給總經理實質幫助的人擔任總經理秘書。」一番話說的坑坑巴巴，但課長總歸是說完了。

「喔，所以就是因為總經理太風流所以要換一個他絕對不會有興趣的人去當他秘書是嗎？」方海筠完全理解了。

「這……妳不要這樣認為，妳沒什麼不好，就是不愛打扮不愛跟人交流，但這倒成為妳這次高升的契機，這也挺好的對吧？」課長試圖想挽回些什麼。

「沒有什麼好不好，請問我什麼時候該去報到？」這種事對方海筠來說一點所謂也沒有。

事實上不管在哪個單位哪個位置工作對她都沒差，可以做就做，不能做就走人，她一點也不在意。

　　只是她挺喜歡韓氏的，因為在這裡工作她覺得還挺自在的。

　　「即日生效，妳可以馬上上去。」方海筠一點反抗都沒有在課長預料中，因為她一直都是這樣的。

　　「了解，感謝課長這幾年的照顧。」一個輕輕鞠躬後，方海筠就轉身離開沒有一點留戀，雲淡風輕的像是這幾年待在這單位對她而言一點也不重要似的。

　　但她其實沒有這麼想，只是她個性就是這樣，要說她隨遇而安也可以，要說她什麼都不在乎也行，反正在她眼裡一切都是平淡的，而她就是這樣淡然的個性。

　　只是，要去新的職位還是讓她心裡起了一點點小波瀾，因為在去的路上她在想，不知道自己會不會……

　　直接被解雇？

# 三、沒味道

　　韓睿毅的臉色很難看，但在場的人都知道這不該意外，因為看著那名打扮樸素到不行而且長相也一點都不出眾的女孩就這樣面無表情直挺挺站在韓睿毅面前說自己是來報到的，大家都不禁為她捏把冷汗。

　　肯定會被直接掃地出門吧？

　　所有隸屬總經理樓層的所有看熱鬧⋯⋯噢，不對，是來關心新同事是何方人物的高階職員都這樣想。

　　但話又說回來，新秘書是董事長指派的，如果真的被掃地出門，也等於董事長的威嚴盡掃落地，這樣好像也不好，所以大家很好奇韓睿毅到底會怎麼處理。

　　「⋯⋯去找到妳的位置，做妳該做的事，還有明日不準穿這樣來上班，不知道的人還以為我韓氏有多苛刻員工，讓員工連件像樣的衣服都買不起！」本來很想冷靜一點說話，但韓睿毅實在無法克制自己說話火氣越來越大。

　　很好！

　　他老爸居然給他來這套，而礙於他勉強算是個孝順的兒子，雖然沒得到幸行獎但他不會這麼明擺著就殺老爸的面子，人他暫時會讓她待在這層樓，但能待多久就看他的心情了，他就不信他老爸會受的了老是得打電話指派他的秘書是件好玩的事，只要他讓人待不住不就得了？

　　這種伎倆也使得出來，他覺得他老爸真的老了，寶刀未老不適合那位已經退休的老人家。

　　「總經理，我覺得我的衣服沒有任何不像樣。」生氣的韓睿毅沒有引起方海筠任何情緒，她只是淡淡陳述事實。

　　「……妳覺得哪裡像樣？妳知道妳被指派的職位代表什麼嗎？」開什麼玩笑，要是他真的帶這個女人出門，那豈不是笑掉人家大牙？

　　長相已經不出眾讓人有種索然無味的感覺也就罷了，也不知道該在穿衣打扮上多花點心思，這是怎樣？

　　「總經理秘書，代表的是我必須協助總經理，讓總經理在工作上可以一切順利。」大抵就是這樣，細節當然是很多，但也不需要這種時候多說，況且方海筠認為總經理都當這麼久了，總不會不知道自己的秘書都該做什麼吧？

　　「那妳不覺得妳的儀容跟裝扮會讓我工作很不順利嗎？」虧她還敢這樣說！

　　「為什麼儀容跟裝扮會影響工作？工作看的是能力。」方海筠面無表情回道，然後就聽到後頭一陣陣抽氣聲，此起彼落好不熱鬧。

　　「所以妳認為妳的能力足以勝任這個職位？」韓睿毅的眼神漸漸變得冷凝起來。

　　這女人到底知不知道自己在跟誰說話？

居然敢這樣回他話？

「可以。」方海筠一臉淡然，就像在說天氣。

「……出去！」狠瞪方海筠一眼，韓睿毅霎時覺得體內那股無名火正在熊熊燃燒，直接趕人了。

「那我出去工作了，祝總經理今日一切順利愉快。」鞠了個躬，方海筠隨即頭也不回就離開了總經理辦公室。

只是當門一闔上，她就接受到此生以來最多的注目，但她沒太在意，以淡然的目光回應眾人熱切的目光後便開口詢問自己的座位在哪，然後就在他人的帶領下度過這一天，而這一天韓睿毅都沒吩咐過她任何事，讓她下班時忍不住回頭看了那扇緊閉的門一眼，想著韓睿毅是不是還有在呼吸。

不過沒被直接解僱倒挺讓她意外的，但她也在想今日會不會只是僥倖，但反正她不會對這種事太過掛心，思考不過幾十秒就把這種事拋在腦後，買了晚餐之後就回到她的安樂窩，窩在沙發上吃零食看電視去了。

# 四、意外

真的不要懷疑方海筠的工作能力，她個性雖然冷又怪，但是她能力很好只是看她要不要表現出來而已。

平常循規蹈矩的做事是她的風格，低調不出鋒頭也是她的作風，所以其實在公司裡沒有幾個人知道她擁有很好的實力跟能力，而她也從來也沒想要刻意表現出來。

只是升了職又是在這麼特殊的位置，然後頂頭上司又這麼討厭她，在她任第二天就丟了一堆明眼人都知道才過了一天普通人絕對不可能辦的到且做的好的事給她，她也就被逼著不得不把這些事辦妥，畢竟她一直都認為領薪水得做事，領到哪裡做到哪裡，現在她薪水多了之前幾乎快兩倍，不做可不行。

「海筠，不好意思，其實之前的秘書不用做這麼多事的，如果可以我們都很想幫妳，因為妳現在手頭有些事其實是我們的工作……」

方海筠忙著忙著也沒理會其他人，倒是同一樓層的幾個同事有點看不過去，其中一個走過來跟她說明，順道還撇了眼總經理辦公室那道緊閉的門。

「沒關係，我下班前可以完成，這樣的刁難還在我可以接受的範圍內。」方海筠沒抬頭，甚至連手都沒停，語氣非常平穩的回應。

「下班前？妳是說全部嗎？」顯然過來慰問的余浩感到非常驚訝。

「嗯，都不是什麼非常難的事。」方海筠還是一臉雲淡風輕。

「呃……我可能要提醒妳一下，總經理對事件的完成度及完美度很要求。」余浩基本上就是在說韓睿毅雖然風流但是能力還是有的，而且工作上還挺龜毛的。

「謝謝。」終於抬頭看了來人一眼，方海筠的眼裡依然是平淡無波。

「那……祝妳好運。」余浩實在不是很懂方海筠到底是聽進去了還是沒聽進去，但總之忠告給了，如果她沒聽進去最後倒楣的就是她自己。

「這種事不能靠好運。」

在余浩轉身時，方海筠忽然丟了這樣一句話讓余浩愣了下回頭看著她，注意起她俐落的動作還有處理事情的專注，這是歷任秘書身上看不到的，但這不是重點，重點是他開始在想，她能在這樓層留多久，依照今日的情況看來，韓睿毅極度非常想趕快把不入眼的人趕走，而且是勢在必行的態度，令他們大家都為方海筠捏把冷汗。

然而，事實證明，是有人需要別人替他捏把冷汗，但那人不是方海筠而是韓睿毅。

「都做完了？」看著眼前抱著一堆文件卷宗報表站在自己面前的方海筠，韓睿毅還以為自己聽錯了。

這怎麼可能呢？

他今天丟給她的工作可是三天三夜也做不完的，她怎麼可能一天之內就做完了？

他不相信！

「總經理，請您全部檢查。」完全沒理會韓睿毅的質疑，方海筠只是一副本來就是把所有任務都搬進來給他檢查的樣子，然後把所有東西都放在韓睿毅的桌子上，接著退到一旁等待。

「妳就不要被我發現妳隨隨便便做了就拿來交差。」韓睿毅看都還沒看就先出言警告。

「請您放心。」沒有一臉胸有成竹也沒有任何懼怕，方海筠就只是淡淡看了韓睿毅一眼。

結果，第一次交手，韓睿毅一敗塗地，因為他交代給方海筠的事情她居然都做得很完美幾乎沒有地方可以挑剔。

但這樣不行，如果他不挑出毛病的話，他總經理的尊嚴何在？

可話又說回來，如果下屬工作能力這麼強，他又硬挑她毛病，那他這個主管又算什麼？

一場激烈的拔河賽正在他心中進行，他真的很掙扎，掙扎了很久很久，久到他自己都覺得自己好像糾結到令人髮指了，

但他瞥了方海筠一眼後卻發現她一點動靜也沒有，就那樣直挺挺站在那裡一動也沒動。

這女人還真沉的住氣⋯⋯

「妳⋯⋯可以下班了。」這句話韓睿毅幾乎是咬著牙說的。

「是。」一個點頭，方海筠馬上退了出去。

而韓睿毅看著那扇被關上的門一眼後又看了看桌上這一堆她的戰績，臉色一沉感覺更不開心了。

這樣不行，他一定要有冠冕堂皇的理由把她趕走，這招不行就來別招，他就不相信她什麼都招架得住！

# 五、挑錯

　　事實證明，老天爺是討厭韓睿毅的，雖然給了他很好的家世及外表，但可能因為韓睿毅本人在感情方面實在太匪類所以接下來老天爺衪老人家大概是打算一點面子也不給，因為韓睿毅想趕走方海筠的計畫連連失敗，而且他開始覺得自己可能會提早罹患心血管方面的疾病。

　　但這還不打緊，更重要的是在種種情況下他居然開始覺得總經理秘書就該像方海筠這樣能幹才對，以前的那堆已離職的前任在現在看來都只能算是草包，而且是非常不耐用的那種。

　　但他不會承認的，非常小心翼翼不讓別人發現他開始有點對方海筠刮目相看，因為這有傷他的自尊心，但說實話讓方海筠待在總經理秘書這個位置上已經長達三個月，在外人看來其實已經夠傷韓大少爺的自尊了。

　　想想以前再看看現在，這一切情況都不合理也難怪開始引起許多竊竊私語，不過就是沒人去討論或猜想韓大少爺是否看上方海筠這件事，畢竟以眾人的認知，方海筠整個人實在太不合韓睿毅胃口了。

　　對，方海筠的確是不合韓睿毅胃口，這件事截至目前為止依然是這樣沒錯，所以他沒有對她出手，但在工作上，他只能說……

　　嗯，不好說。

　　但他不想說老天爺卻顯然很想讓方海筠這隻實力超群的工蟻出風頭，就在一場重要會議上，本來做著會議紀錄的方海筠忽然眉頭一皺，看著大螢幕好一會兒然後又抽起旁邊資料夾抽出一份文件打開端詳了很久，然後下一秒就在眾目睽睽之下走到韓睿毅身邊，把文件遞給他，面無表情指了指其中幾行文字，過程中完全沒管抽氣聲此起彼落且除了韓睿毅之外大夥兒都是一臉驚愕的表情。

　　「這幾行怎麼了？」也算是有點習慣方海筠奇怪的個性了，所以韓睿毅倒是沒什麼太大反應，只是抬頭看著她問。

　　「有陷阱。」方海筠言簡易駭的回應道。

　　「陷阱？」一聽到這兩個字，韓睿毅馬上低頭查看，就像剛剛方海筠般低頭審視了很久，然後臉色就變了。

　　「三億，最低損失。」說完，方海筠就又面無表情回到了自己的位置上。

　　然而，她覺得自己任務暫時完成了，但場子卻開始沸騰了起來，原因就是韓睿毅開始發火了。

　　「你們這些人在談生意簽合約居然都不如一個秘書細心！對方玩文字遊戲你們沒一個人發現？」韓睿毅當場火大的質問在場一堆高階主管，然後就看到大夥兒開始玩低頭遊戲，比誰的頭低得比較低。

　　一時間整個會議室安靜的像一根針掉在地上都能聽見，而韓睿毅看著一堆看不見臉的傢伙，憤怒指數越來越高，右手高高舉起就要拍桌，但就在這一剎那……

　　「總經理，菊花茶，降火。」

　　伴隨著簡單的字句，一杯菊花茶就這樣出現在韓睿毅的唇邊，讓他楞了下，抬頭看著眼底平淡無波的方海筠。

　　「我現在的火氣不是一杯菊花茶可以解決的！」韓睿毅現在很火，很火很火！

　　「有轉圜，可以談，最後一頁有但書。」說完，方海筠就把菊花茶放在桌上，然後又回位置去了。

　　而她的話卻像是那些低頭族的救命繩，只見眾人以飛快的速度把合約書打開翻到最後一頁，然後一個接一個紛紛鬆了一口氣。

　　原來有但書，早說嘛！

　　「你們現在都鬆了一口氣是怎樣？以為事情可以解決我就不會追究責任了是吧？」看到低頭族頭都不低了，韓睿毅一段話又把眾人打回原形。

　　「總經理！我們會盡全力馬上解決這件事！」

　　終於，有個比較勇敢的傢伙站了出來，只求自己等會兒可以安全走出會議室。

「既然有但書還需要盡什麼全力？跟對方周旋一下就好了，你們該檢討的是自己的工作態度！」韓睿毅繼續爆發，完全沒在客氣的。

「是是是！」

眾人連番稱是，再也沒有更勇敢的人敢再開口說話，倒是方海筠好似想起什麼偏頭思考了一下，然後又走到韓睿毅身邊。

「怎麼？」韓睿毅看著她。

「遊戲，對方是故意的。」她這樣說。

但她這樣說沒人聽懂，除了韓睿毅。

「遊戲？」韓睿毅眉頭一皺，把合約書翻開開始認真翻閱，然後就在其中一頁發現了一個英文名字。

Alexander！

這個名字放在很不起眼的位置，而且雖然不算普遍但也不是沒見過，所以沒有人把他當回事兒，但韓睿毅經方海筠一提醒又看到這個名字之後，他就想起了一個人。

「沒錯，是遊戲……」韓睿毅忽然語出驚人的表示，但他沒管其他人什麼反應，只是看著方海筠。

「否則不會有但書。」她看懂了韓睿毅眼底的疑問，回答之後又走回座位，卻沒發現韓睿毅一直盯著她瞧。

「你們盡快把這件事處理好，後續怎麼懲處我會公布。」
收回目光臉色瞬間轉為冷凝，韓睿毅在說完之後就起身離開會
議室。

而他一走方海筠自然也是跟著走的，所以她沒發現眾人以
相當崇拜的目光看著她，因為她向來不注重也不在意這種事的，
她只是邊走邊想，如果下回再有差不多的情況，那菊花茶裡頭
加幾顆冰塊會不會好點？

但話又說回來，菊花茶裡頭適合加冰塊嗎？

還是說換青草茶會好點？

# 六、Alexander

陽光明媚的下午，一個挺拔的背影站在可享受日光浴的地方望著不知名處，看似帶笑的側臉卻因為他眼底的訝異而稍稍洩漏了他此刻的心情。

「韓氏發現了？」Alexander 一個轉身看著前來報告的人。

「是，聽說是在會議上發現的，而且還是韓睿毅那個上任不久的秘書發現的。」前來報訊的人如此說道。

「韓睿毅的秘書發現的？看來他這次的秘書果真如傳聞般與以往不同。」Alexander 嘴角輕扯，有些嘲諷的意味。

畢竟韓睿毅花名在外素行不良，所以雖然有傳聞這次的秘書與以往不同，但若不是遇上這種事，那就是信者信不信者不信的情況了，至少 Alexander 在這之前是不信韓睿毅放棄了因為愛吃窩邊草所以愛用草包的習慣。

「聽說這個秘書是董事長親自指派的，目的是想斬除兒子的壞習慣。」但令人意外的是目前看來除了效果好像還不錯之外，還有了意外的收穫。

「哼，江山易改本性難移，風流鬼哪有那麼好收拾？韓老伯怕是想太多了。」Alexander 不屑的輕哼了一聲。

「總監，那之後……」這次失敗了總得想想下一步怎麼走。

「不急，太快再出手的話會很容易被察覺，得晾一陣子才行，只是我開始懷疑他智商退化且整個韓氏在他帶領下都瞎了，

否則怎麼會淪落到需要一個小秘書來提醒他們了？」Alexander 輕蔑的用詞在在顯示著他非常不喜歡韓睿毅。

「這倒是，這種情形是挺誇張的。」一堆資深到不行的高階主管對大案件的縝密度及警覺度還有細心度居然不如一個才上任三個月的總經理秘書，更別提這位小秘書之前的職位是低的不能再低的基本員工，在升職之前根本與公司大案件無緣的。

「行了，既然如此那就算了，反正我們也沒損失，就是個遊戲沒圓滿而已，倒是我要你查的事怎麼樣了？」比起遊戲還有韓睿毅，Alexander 顯然還是比較關心後頭這個問題。

「還只是有點眉目而已，畢竟事隔多年要找不容易，而且舊址都已經人事皆非……」隨著一陣涼意襲來，報告的人說話音量也越來越小。

「你的胸有成竹消失的很快？」Alexander 眼底皆是不悅。

「很抱歉，但我原本以為難度沒有這麼高。」小看事件絕對是處理事件的死門。

「所以？」Alexander 冷眼等著。

「請您放心，我會盡全力也盡快完成這件事。」在這種時候只能趕緊宣示自己的決心了，不然還能怎樣？

「那就期待你的表現了。」話語一落，Alexander 就跨步走入室內，只是當他走上樓梯時，卻在轉角處停了下來，望著牆上已逝父母的合照。

爸、媽，我一定會找到的。

但心裡發誓是一回事，Alexander 在這件事上已經努力了好幾年卻一點進展也沒有，每回都是有了一點希望卻又再度落空，這回⋯⋯

能如願以償嗎？

說真的，他也不知道，但他不能放棄，否則這世界上就真的只剩他自己了。

# 七、沒反應

合約出錯的消息傳得很快，所以總經理心情不好大夥兒都知道了，而基於擁抱愛與和平的信念上，在韓睿毅從會議室回到辦公室之後，沒有人有勇氣送任何東西進去，除了依然一臉平靜的方海筠。

只見她看了下時間偏頭想了下，然後就帶著小錢包離開，三十分鐘後她提著一袋東西回來，想也沒想就走到總經理辦公室門口，敲了一下門在得到回應後就進入，而這樣的舉動自然又引來了一陣陣抽氣聲。

這女人真的太奇異了，雖然外表真的很令人過目就忘，不過能力真的不容小覷而且性格真的很古怪，但說真的在此時此刻大夥兒反而很高興有方海筠的存在，因為這代表他們一夥人不用猜拳選出誰要去當砲灰這個問題。

「總經理，吃午餐。」壓根兒沒管誰怎麼想或在想什麼，也沒管自己剛剛是立了什麼大功，反正方海筠的觀念就是她得做好秘書的事，而剛剛那些提醒對她而言也是份內之事，她覺得沒什麼大不了，只是她恰好參與然後發現了而已。

「嗯。」韓睿毅看了她一眼，倒是沒耍脾氣說自己氣到吃不下，反而任由她面無表情站到他身邊把他的午餐擺好，然後在她鞠躬說要出去後喊住她。

「請問？」她回頭。

「妳手上袋子裡剩下的食物是妳的？」他問。

「對。」要買就一起買了，這不是很理所當然的事嗎？

「妳拉張椅子來我對面一起吃。」韓睿毅看著她，盯著她的臉注意她的反應。

「好。」不好意思，方海筠依然沒太大反應，只是聽話的去外頭找了張椅子然後就坐下，接著把袋子裡的食物拿出來，也不管韓睿毅開始吃了沒，她自己倒是拿起漢堡就啃。

「為什麼買漢堡？」如果韓睿毅沒記錯的話，這是她第一次為他的午餐準備漢堡。

「大口啃可以解除火氣。」至少她是這樣認為的。

「那妳？」有點被她傳染的感覺，韓睿毅的說話方式居然也開始精簡起來。

但其實這樣挺好的，不用說太多話就可以溝通，省去很多麻煩，他以前不知道有這種便利的事，現在遇到她倒是體驗了一回。

「因為買你的所以順便。」加上她也愛吃漢堡。

「嗯。」不讓人意外的回答卻因為她語氣沒有任何尊卑顯得好像很自然，而平常這種自然不該存在，但此刻韓睿毅卻沒再說什麼，也學她拿起漢堡就啃。

一時間，辦公室內只剩兩人進食的聲響，直到方海筠的漢堡吃了一半後才似想起什麼而開口。

「是仇人？」她看著有點沒注意形象而非常大口在啃漢堡的韓睿毅。

「還不到那個程度，但我與他互看不順眼是真。」明明就是沒頭沒尾的問話，但韓睿毅居然聽懂了而且還解釋了。

「玩很大。」方海筠這麼回道。

「我會給妳加薪。」韓睿毅想著要不是她已經在韓氏秘書界榮登最高職位，她這次除了加薪還可以升官。

「很多？」她很直接問著金額。

「多一倍。」他也不囉嗦直接給答案。

「謝謝。」明明是該歡天喜地的情況，方海筠卻沒有，依然沒太大反應。

「不客氣。」她沒表現出感激涕零的模樣韓睿毅一點也不意外，說完之後把最後一口漢堡塞入口中，忽然覺得心口是舒暢了不少。

挺有用的，她說的大口啃消火氣方法，他心忖。

「吃飽了，我出去了。」說完，方海筠把桌面收拾好之後就出去了。

但她出去了韓睿毅卻看著她消失的方向有些怔愣。

這女人真的很古怪……

但……

真的挺不錯的。

他在心裡對自己這樣說。

# 八、應酬

　　商界最常進行的活動大抵就是應酬了，而且職位越高通常應酬也越多，所以韓睿毅一個禮拜有好幾場的應酬自然是不在話下，而以前的他都會帶秘書出席，可從方海筠上任以來他卻從來沒帶過她出席，但這一點大夥兒倒是一點也不意外，因為方海筠並不是個適合帶出去應酬的好對象。

　　一來她不愛打扮，二來她也不愛交際，這樣的人帶在身邊談生意基本上是沒有任何幫助的，至少韓睿毅在今晚之前是這樣認為的。

　　但今晚，他卻跌破眼鏡了，而且不只他，連他兩個特助也傻眼到完全做不出反應。

　　只見方海筠被通知要一起出席也壓根兒沒想要打扮一下，依然是那副樸素的打扮，而本來就像顆路邊石頭坐在一旁聽著男人們交談的她，卻在聽到合約某部分內容時頭一偏，想了下之後用手指戳了下韓睿毅。

　　「嗯？」韓睿毅轉頭看著她。

　　「環保。」因為環境有點吵，她不得不靠近他耳邊說。

　　「環保？什麼環保？」韓睿毅頓時一愣。

　　方海筠眼見韓睿毅居然沒聽懂，難得挑了下眉，然後在眾人疑惑的目光下拿起合約書，先是翻閱幾頁確定目標所在後便將合約書攤在桌上，然後……

「如果這幾條項目不修改而真依照合約進行的話,在完成或甚至是進行時就會接到環保團體的抗議,像這樣的方式其實已經不符合局勢,在地球已經遭受人類摧殘如此強烈的時刻,如果還用這樣的方式來進行這次的合作案,不只會遭人唾棄而且還會顯示出我們雙方公司觀念與做法相當落伍且對保護環境及社會一點貢獻也沒有,只是兩家為了賺錢不擇手段的大公司。」

方海筠完全沒有任何遲疑把話說完,也算頭一次讓人見識到她原來也可以一次說很多話,而且只有重點沒有廢話,話題直搗核心。

但這還不打緊,在眾人驚愕之際,她環視一眼發現還沒人反應過來之後,想了下就想乾脆一次把話說完比較省事,所以⋯⋯

「雖然改用考慮到保護地球的方式會比原本的費用多出約百分之五左右,但得到的效益除了實質上的收益外還會有名聲上的提升,所以這 5%我想是非常值得的,而且幾乎不會有爭議,也省去很多麻煩。」

OK,報告完畢,方海筠將身子往後挪了一些,回到她還沒伸出手戳韓睿毅時的位置。

只是她完事了大夥兒卻是依然還瞪大著雙眼你看我我看你,最後還是韓睿毅先反應過來,看著合約書想著她的話忍不

住贊同的點頭，而就在此時合作方大佬也終於是反應過來，伸出手拍了拍韓睿毅的肩膀。

「韓總，你的秘書不簡單啊！」

「劉總客氣了，那麼您意下如何？」韓睿毅心中頓時有股驕傲浮上心頭，但不好表現出來。

「小姑娘說的很對，越大的企業形象就越重要，既然我們都有心合作這麼大的案子了，那麼多這 5%的費用又如何呢？就如她說的一般，這 5%可以直接當成廣告費宣傳費還有避免爭議的費用，我覺得相當划算，韓總你認為呢？」劉總看著方海筠，眼底盡是激賞。

「我也是這樣認為，那麼既然是合作，這多出的 5%咱們雙方一人一半劉總認為如何？」韓睿毅唇角有一抹快要掩飾不住的笑意。

「這是自然，那麼就這麼說定了。」劉總很爽快同意了。

「好，那今天就到這裡吧。」事情談完了，自然是該收工了。

「韓總，記得下回咱們如果有別的案子要合作，可千萬得把你家這小姑娘帶出來啊！」劉總顯然非常滿意方海筠的表現。

「一定。」韓睿毅回以禮貌一笑，但心底可是另有打算。

經過剛剛方海筠的表演，他怎麼可能只跟劉總合作的時候才把人帶出來？

自然是有場子要上都得出來啊！

但這不是此時此刻需要公開宣告的事，先送走劉總然後結束此次應酬才是接下來該做的事。

然而，韓睿毅也不知道自己是哪根筋不對，就在兩名特助把車開來而方海筠說自己要搭車回家時他卻攔住了她，吩咐兩名特助自行回家後就把她輕推入副駕駛座。

「很晚了，我送妳回家。」韓睿毅敢發誓，在今晚之前他從來沒有想像過自己會有送她回家的一天。

「謝謝總經理。」沒有矯情的拒絕也沒有什麼特殊反應，方海筠只是坐在副駕駛座看他一眼後，微微側身拉來安全帶系上。

雖然不知道他開車技術如何，但她很確定他剛剛沒喝酒，所以讓他開車是沒問題的，而且這樣可以省一筆交通費，她覺得還不錯，但就也僅此而已。

只是當車子開始行駛，而駕駛中的韓睿毅看著前方說了句「妳能力真的很不錯」時，她有點驚訝，偏頭看著他的側臉，對此感到很疑問。

這傢伙誇獎她？

難不成是⋯⋯

合約談成開心過頭所以腦袋燒壞了？

# 九、消夜

　　為什麼他會坐在她家客廳？

　　為什麼他會坐在她家客廳看著站在小廚房的她料理食物？

　　為什麼他會覺得食物的香味香到比以往任何食物都還要吸引他？

　　一連串的疑問在韓睿毅的腦海裡不斷盤旋，但很抱歉，不管他心裡有多少個為什麼，他現在就是坐在方海筠家的客廳沙發上盯著正在料理消夜的她瞧，而且手上還端著不久前她塞來的烏龍茶。

　　好，先讓他釐清一下情況。

　　首先，剛剛他送她回家，但因為晚上忙著談生意所以即便有美食在桌上但大夥兒根本沒理會，所以在她要下車的那一刻他的肚子叫了，然後她要下車的身形一頓，接著就面無表情轉頭問他要不要上來，她可以弄點消夜算是感謝他送她回家。

　　結果也不知道為什麼，他居然毫不遲疑就點頭，快速把車停好之後就跟在她身後上了樓，然後就變成現在這個樣子了。

　　這樣是對的嗎？

　　韓睿毅開始自我懷疑，不知道自己到底是怎麼了？

　　而且重點是……

　　為什麼這麼香？

「再五分鐘。」感覺到韓睿毅的視線，方海筠還以為他快餓死了，所以轉頭給了個時間。

「不急，妳慢慢弄。」而他需要時間消化一下現在的情況。

說實話，除了某些不可抗的因素外，他沒有來過除了女伴以外的女人家，所以這次踏進方海筠家算是打破了他的紀錄，但他沒有任何討厭的感覺，而且甚至還覺得看著她料理的背影莫名覺得挺舒服的？

但這樣是對的嗎？

韓睿毅又問了一次自己同樣的問題，然後發現答案格居然是一片空白，所以也就是說他根本也搞不懂自己幹嘛要來，但來了之後卻沒有任何想馬上離開的念頭，這也太……

詭異了吧！

「我先走了！」

雙眼瞬間瞪大，韓睿毅越想越不對勁，下一秒撂話之後直接沙發上起身就要往門口走，誰知道瞬間被一股食物的香味震懾，而端著盤子的主人正一臉疑惑看著他。

「不吃？」方海筠問是問，但對於他走或留倒是一臉無所謂的樣子。

「……吃。」韓睿毅絕對不承認自己嚥了口口水。

「那回去坐好。」她以眼神指示他回座位。

「……嗯。」一句『妳語氣是把我當小孩』硬生生被韓睿毅吞了回去，然後也不知道是著了什麼魔的他就真的乖乖回到座位坐下。

「吃吧。」把食物擺下，再把圍裙口袋裡的餐具掏出來放好，方海筠丟下一句開動之後就走回小廚房，壓根兒沒管也沒想管韓睿毅是什麼反應。

不管他覺得好吃不好吃都無所謂，反正她就只是用消夜道謝而已。

但方海筠是這樣想可韓睿毅可就不是這回事兒，只見消夜才入口咀嚼了幾下他就瞪大了眼睛，這絕妙的家常菜味道讓他不自覺一口接一口，光速清盤不說，甚至還覺得自己應該可以再來一份。

「妳手藝不錯。」當然再來一份他是不可能說出口的，不過吃到美味食物稱讚主廚是種禮貌。

「謝謝。」獨居多年加上節省慣了，方海筠大多都是買菜自行料理，手藝如何她自己是知道的。

總之能吃，她自己還算滿意，他人滿不滿意不在她在意的範疇內，但既然有人誇獎，回個謝總是對的。

「妳家人呢？」沒有吃很飽，但吃半飽的韓睿毅居然開始好奇起員工的家庭背景。

「沒有。」她答的乾脆。

「沒有？」韓睿毅當場愣住。

「嗯。」沒有這兩個字很難懂嗎？方海筠不懂他為什麼愣住。

「所以妳是……」韓睿毅斟酌著要不要把那兩個字說出口。

「孤兒。」就是這樣，她覺得這種事沒什麼不好說出口的。

「喔……那妳一路應該挺辛苦的吧？」韓睿毅也不知道自己為什麼要問這種事說這種話，但就是管不了自己的嘴巴。

「還可以。」對方海筠而言，真的只是還可以而已。

雖然以前她也曾經因為身分而受到不少同情的目光，但她真的覺得沒必要，對她而言孤兒這個身分就是沒有家人而已，其實她一個人挺好的，但有時候很好笑的是她說自己很好卻沒人信，一勁兒把同情跟憐憫往她身上倒，到後來她倒懶得說人多了，因為反正又沒人覺得她真的很好。

但她真的挺好的，只是今晚覺得某人有點不對勁而已。

可她不會去追問他問這些幹嘛，可能就是一時興起吧，她想。

「……那我走了。」跟她對話要持續下去本來就不是件容易的事，加上夜也深了，韓睿毅起身就要告辭。

她身上散發出不需要被同情的氣息，那他也不投任何同情幣到她身上，這是對她的尊重也是一種禮貌。

「請慢走。」方海筠可能不知道又或許可能有想到，那就是基本上在這個時間點韓睿毅還待在女人家裡的話，通常主人都會使盡渾身解數留人下來過夜。

但不管她有無想到或是知不知道，總之她沒這個打算，消夜給了就算道過謝，他要走自然不留，也沒覺得有何必要留。

「謝謝妳的消夜。」真的很好吃，他用眼神這麼說。

「不客氣。」你喜歡就好，她用眼神這麼回應。

「說實話我覺得……跟妳雖然沒辦法聊天但是不需要說這麼多話就能溝通還挺輕鬆的。」說白一點就是不用費神應付，而韓睿毅發現自己現在還挺喜歡這樣的。

以前跟他一起的女人不管哪個都要哄，只是時間長短而已，就算只是祕書身分還不是他女人的也一樣，耍耍脾氣撒撒嬌順便暗示點什麼都是家常便飯，但偏偏現在他眼前這位一招也沒使出來，性情平淡的像天塌下來她也不在乎似的，聰慧靈巧又懂人意，只除了外表差了點之外對他現在而言還真是好像沒什麼缺點了。

看著方海筠，韓睿毅如此想著，但看著看著他卻漸漸有點迷糊。

外表差了點……

是這樣嗎？

# 十、糾結

好像……也沒有那麼差吧？

明明是辦公時刻但韓睿毅卻撐著下顎在發呆，腦海裡轉著的是昨晚自己內心對方海筠外表的批評，但很不幸的是他竟然開始覺得自己之前的論調是錯的，方海筠的外表其實沒有到差這個地步，只是沒有很美而已。

是能看的程度？

好像不止。

是好看的程度？

應該可能。

是很好看的程度？

這個不是。

一連在心中問了自己三個問題然後得到解答的韓睿毅不自覺點點頭，但下一秒卻在一份文件幾乎已經抵在他鼻尖的情況下倏地回神。

「您餓了？」還是第一次遇到韓睿毅在辦公時間發呆的情況，方海筠有點不解。

「沒有。」實話當然是不能說。

「累了？」這也是有可能的，她心想。

「也沒有。」心累倒是有一點，因為韓睿毅開始有點搞不太懂自己。

「病了？」不餓又不是累但從不出神的人卻出神了，這不是病了是什麼？「……上述都沒有。」韓睿毅差點當場翻了個白眼。

「了解。」既然他沒病不餓也不累，那方海筠也沒想再多問，放下幾份文件轉身就走。

不是很對勁，但他不屬於她該太花腦筋去苦惱的範疇，所以禮貌上問幾句是她的極限，再讓她多問什麼也不知道要問什麼才好。

「妳等等。」

忽然，韓睿毅喊住她並在她有點訝異轉頭之後走到她面前，然後在她抬頭不解地注視下很認真審視了她的臉龐。

「請問？」這啥情況？

「為什麼不愛打扮？」他不答反問。

「沒有必要。」也不喜歡。

「為什麼覺得沒有必要？」他又問，看著她稍稍蹙起的眉頭。

「為何有必要？」這次，換她不答反問。

「在職場上，或許這麼說有點失禮，但不可否認外表有時候是女人的一種武器。」當然男人有時候也受用這招。

「那我需要打扮？」她鬆開了眉頭，眼底的不解也消失，取而代之是平常那種淡漠的眼神。

「……好樣的，不虧是妳。」韓睿毅愣了下然後笑了。

「每個人有每個人的生存方式，如果我自小就什麼都沒有出孤兒院之後得依靠自己生活，那我希望至少我是活在我喜歡的模式中。」她看著他的笑，倒是挺欣慰他懂她剛剛的問話是代表什麼。

有些人習慣一直用外表說話，有些人習慣先用外表再用實力說話，而她覺得一直用實力說話就是她覺得最舒服的方式，每一個方式都有應援者，每一個方式都有被尊重的權力，她是這樣認為的。

「抱歉，是我不對。」韓睿毅道歉是因為他覺得他剛剛的話在她說了那一大串話後覺得不太妥。

「沒事。」她搖頭，轉身出去了。

然而，她出去了但韓睿毅卻沒有立即回到位置上，只見他望著那道被她輕關上的門許久，然後才喃喃自語說道……

「對，妳沒事，有事的是我才對……」

說真的，他覺得自己真的很有事。

# 十一、過往

　　自從那天帶方海筠出去應酬得到的效果奇佳之後，韓睿毅就再也不放過每回應酬都要帶她一起前往的機會，而撇開後來又有幾回她又再度發揮實力讓人驚艷不談，在公司裡她也是成了令人矚目的目標，因為她不只跌破眾人眼鏡在秘書這個位置待超過半年了，而且很明顯的韓睿毅對她非常滿意，滿意到大家完全搞不懂韓睿毅到底發生了什麼事。

　　老實說，韓睿毅自己也不是很懂，但此時此刻他又坐在方海筠她家客廳是事實，而且這不是第二次，嚴格來說已經是第⋯⋯

　　是第十次還是第十二次？

　　他發現自己無法確定，因為帶她一起出去應酬然後送她回家竟然在某一天變成一種常態，所以現在他又坐在她家沙發上等著她料理消夜。

　　「吃吧。」方海筠面無表情把消夜送上，然後就沙發另一頭把電視打開就看，沒有太理會他的打算。

　　又是一次感恩之消夜，她是無所謂，但他每回都吃得很快樂很開心不說，回家的時間還拖得越來越晚是怎麼回事？

　　注意力雖然有百分之八十是放在電視上，但方海筠其實有百分之二十正在思考韓睿毅越發古怪的行為舉止。

　　「海筠。」

　　忽然，他叫了她一聲，聲音很溫柔，但方海筠卻稍愣了一下，覺得他真的很古怪，但還是轉頭看著他。

　　「當我秘書妳覺得還習慣嗎？」他忽然想知道她的看法。

　　「沒什麼習不習慣。」遇上了就做，做不了就走，她當初就是這樣打算的，現在待了半年也沒覺得有什麼不好，加上他也不像一開始一副沒把她趕走就不繼續當人類的模樣，她是覺得還行。

　　「那就是覺得還行是吧。」此為肯定句非疑問句，因為韓睿毅已經很了解她簡短的回話中代表什麼含意。

　　「嗯，你人還不錯。」方海筠給了句不是很完美的誇獎。

　　「其實，我當初並不覺得妳行，我也知道我爸派妳上來的目的。」不就是不讓他吃窩邊草嘛！

　　「所以？」忽然說這個的意義何在？重點又是什麼？她相當疑問。

　　「妳用實力改變了我的看法還有我用人的習慣，妳知道以前我的秘書都是裝飾用的嗎？」雖然知道她很難聊，但韓睿毅就是想跟她聊。

　　「不是當女友用的嗎？」她也沒客氣直接一舉擊破。

　　「……以前是這樣。」韓睿毅摸了摸鼻子掩飾自己忽來的不太自在。

　　唉……他在女人面前感到不自在都是幾百年前的事了，那還是他仍是毛頭小夥的時候，想不到現在他居然可以重溫這種感覺，這真是……

　　太不妙了。

　　「各取所需。」看著他的不自在方海筠臉上沒啥反應，嘴上倒是給了句應該算安慰的安慰。

　　看在他好像應該可能或許是想懺悔自己以往太過匪類的份上，她是想好心點安慰他一下，反正也不會少塊肉，但老實說她覺得一個巴掌拍不響，或許他是花名在外，但在她之前的歷任秘書在心態上是否也是有問題的？

　　因為這樣想所以各取所需才會蹦出她口，而她覺得其實挺貼切的。

　　但就像她上回說的，每個人有自己的生存方式，她非本人沒有立場去置啄誰對誰錯，因為根本不關她的事。

　　「的確是。」韓睿毅自嘲的笑了下。

　　「劈腿嗎？」她覺得如果有的話，那就有點問題了。

　　「我還沒渣到那種地步。」但他卻承認自己以前挺渣的，這在以前誰敢想像啊？

　　「那還有什麼問題？」既然沒趁機練筋骨，男歡女愛在現今這個社會不是很正常嗎？

「沒有……」的確是沒有了，但韓睿毅的內心卻正在慢慢發酵中。

她一點也不在意他的過往，這若是換作以前他任何一任女友都是做不到的事，她是夠灑脫夠特別，但反過來說也是代表⋯⋯

他在她眼裡就是個上司，沒有其他身分沒有在她心裡佔有上司以外的份量。

很明顯的事實是不？

不知道為什麼，韓睿毅忽然覺得很不開心，但他更不開心自己的不開心，所以倏地起身就說要走。

「等等，外套。」他要走方海筠自然是不會留的，但他外套沒拿就要走她不提醒可不行。

「謝謝。」停住腳步，韓睿毅轉身接過外套穿上，卻在她伸手幫忙整理衣領的時候愣住了。

「再見。」她收回手，依然是面無表情，但沒有人知道她有點後悔自己剛剛幹嘛伸手幫他整理衣領。

「……我走了。」猛地回神，韓睿毅居然破天荒有點像倉皇而逃。

而他直到走到車邊才停下疾行的腳步，心中還為她方才罕見的行為感到疑問與愉悅。

　　只是就一瞬間他就猛力甩頭，當場翻了個白眼，覺得自己簡直就像個十七八歲的少年，居然為了一個小動作就覺得開心，這太不像他了，這也不是他，他是不會承認剛剛自己有愉悅滿心這種情緒的。

　　見鬼去了，看來他真出了問題，應該好好想想下一步該怎麼走下去才對，要不再這麼不對勁下去，他都不知道該拿自己怎麼辦了！

# 十二、出乎意料

　　韓仲柏退休後的生活基本上堪稱愜意又輕鬆，雖然兒子之前太渣的行為讓人頭痛，不過這半年下來公司的業績不僅蒸蒸日上，連兒子都改邪歸⋯⋯噢，不，是乖巧了許多讓韓仲柏及顏靜蘭夫妻倆感到很是訝異。

　　「老公，兒子最近有生過大病沒告訴我們嗎？」雖然情況是他們夫妻倆想要的，但總覺得這幸福也來的太突然，顏靜蘭有點適應不了。

　　「老婆，妳是想說那小子腦袋燒壞了是吧？」韓仲柏豈會不知道妻子在想什麼。

　　「如果沒有的話，那你指定的那個女孩也太厲害了吧？」僅僅只半年就讓一切改變了，這不是神蹟是什麼？

　　「我跟妳說，那小丫頭確實不簡單，本來我是想既然兒子喜歡窩邊草，我就讓他的窩邊草不合他胃口就行，所以就從公司找了個最不起眼的女孩上去，誰知道這小丫頭雖然貌不驚人但實力驚人，不用外表說服人反而用實力說話，這陣子她為公司立了不少大功，連兒子都已經幫她加薪了兩次，妳說妙吧？」這是韓仲柏得到的消息。

　　「真的啊？那⋯⋯那兒子對她是不是⋯⋯」顏靜蘭忍不住八卦了起來。

　　「根據我的消息來源顯示，兒子這一兩個月還蠻常上她家的，基本上都是在應酬過後送她回家然後會在她家停留幾個小

時，但據線報指出停留時間隨著日子一天一天過去而加長，妳認為呢？」韓仲柏露出一個耐人尋味的表情。

「但是這可能嗎？兒子不是一向喜歡美艷型的女人？」不是她這個做母親的人要嫌棄，但有時候她真的覺得兒子的眼光太過俗豔。

要知道有些女人美是美，但是不耐看也沒有內涵，而且巴結上她兒子之後就四處招搖花枝招展，說來也別怪她古板，但她還是比較喜歡看起來純淨溫柔的女孩。

「人的口味是會變的，雖然還不確定，但我是覺得兒子對那丫頭應該是有點意思的。」情況暫且不算太明朗，但八字好像有一撇應該是八九不離十。

「是喔，那我覺得我們是不是應該……」顏靜蘭話還沒說完，就看到丈夫笑了。

「我找她來了，等會兒就到了。」這麼有趣的丫頭不見一見怎麼行？韓仲柏可是期待的很。

但這也不能怪韓仲柏會好奇，因為他老人家聽到的消息五花八門，而最讓他在意的就是方海筠這個女孩非常特別，至於有多特別他想他等會兒就會知道了。

結果，方海筠果然沒讓他失望，來了之後不亢不卑，沒有因為見到自個兒老闆的爹娘而有任何畏縮退卻，目光依然如平時清澄帶點冷意，但卻也沒有失掉任何禮數，打過招呼後等兩

老落座後才坐下，心裡雖然有疑問自己為何會被找來但也沒有表現出任何焦躁急迫的模樣，讓兩老看了覺得有點驚奇之外還意外覺得挺喜歡眼前這個特別的孩子。

而且他們都覺得雖然方海筠長得並不是特別出色，但細看之後也沒有他人說的那般平凡至極像顆路邊的石頭，這恐怕是她自導自演演繹出的保護色，但也沒什麼不好，出來社會走跳本來就要知道怎麼保護自己，但看用什麼方法而已。

「海筠，妳對我兒子有什麼看法？」靜謐一陣子之後，是顏靜蘭忍不住先開口了，而且一開口就是很奇怪的問話，但偏偏她就是覺得這句話是最適合開頭的。

像方海筠這麼特別的孩子再寒暄什麼都是多餘的，直接問自己想知道的問題才是最適當的，她是這麼認為的。

「沒有什麼看法。」方海筠幾乎是沒有考慮立即回答。

「不覺得他長得不錯然後家世也好嗎？」原本自己兒子被當成路人應該要不開心的顏靜蘭完全沒有生氣，反而還忍著笑繼續問。

「能看，家世好是你們給的。」方海筠又是一句大實話。

「噗！」顏靜蘭當場忍不住噗哧一笑。

「老婆，妳至少也給兒子留點面子！」說是這樣說，但韓仲柏自己也在笑。

「哈哈，我還是第一次聽到人家這麼說咱們兒子，覺得太有趣了！」顏靜蘭完全忍不住笑意直接放聲大笑。

「也是，我還是第一次聽到有女孩說咱們兒子只是能看而已！」韓仲柏也是笑個不停。

方海筠說的是實話，沒有任何添油加醋也沒有花邊修飾，就是一句實話，而她這樣的態度讓韓仲柏相當喜歡且顏靜蘭顯然也很中意。

但因為目前事態不明朗，滿足了好奇心也嚐到開懷大笑的滋味後也不該留人太久，所以在招待方海筠吃完午餐後韓仲柏就讓人把方海筠送回家了。

只是當方海筠離開後這對夫妻卻是有默契的相視一笑，牽著手走到庭院散步當消化食物順帶討論一下兩人的想法是否相通。

「老公，我想海筠當我媳婦兒。」在吃過午餐之後，顏靜蘭發現自己更喜歡方海筠了。

「我也覺得那丫頭不錯，但問題是看她的態度妳覺得咱們兒子追的到她嗎？」韓仲柏覺得最大癥結點是兒子給不給力的問題。

「這倒是耶！」明明應該是替兒子煩惱的母親，卻是一副等著看好戲的表情。

「老婆，妳的表情看起來有點奸詐跟壞。」韓仲柏忍不住捏了捏妻子的臉蛋。

「說實話，要不是韓睿毅這個人是我親生兒子，以他花天酒地的程度我早把他掐死了。」可見韓靜蘭對兒子在感情管理這一塊有多不滿。

「就不知道到底是遺傳到誰？」韓仲柏忍不住搖頭。

「是說，那我們要幫一把嗎？」這也無不可。

「不，就算真的要幫也還不是時候。」韓仲柏是這樣認為的。

「是喔，那我們就先靜觀其變？」敵不動我不動的概念。

「嗯，如果我們貿然插手說不準會讓情況變得更複雜，現在最好的辦法就是看兒子怎麼想，畢竟我們也無法確定兒子是否真喜歡上海筠了，倘若真喜歡上了，那小子自然會想法子打動她的，雖然那小子很渣，但我想追女人的方法跟招數他恐怕是知道不少的。」畢竟經驗多嘛。

「也是，好吧，但我真希望海筠跟我們一起生活，那一定很有趣！」

面對不確定的未來韓靜蘭卻是衷心期待自己的願望可以成真，最好是可以再多給她添幾個孫子，那就真的太完美了！

# 十三、保持距離

　　雖然韓睿毅自認是個頂天立地的男子漢，絕對不會做逃避那種事，以前談感情雖然時間都不長，但他都善後的很好所以從沒鬧出什麼大風波來，但這回遇上方海筠之後他就發現他搞不懂自己了。

　　說喜歡嘛他又覺得好像不是那個可能，但說不喜歡嘛他此時此刻又拿著公文然後透過縫隙盯著就站在他辦公桌前的方海筠直瞧，這矛盾的行為跟態度簡直快把他逼瘋了，讓他忍不住開始胡思亂想甚至還懷疑自己生病了。

　　說真的，方海筠不在他擇女友的標準內，即便他現在很欣賞她的工作能力認為她的實力無懈可擊但是要當他女友卻怎麼也不在他標準的那個圓圈內。「總經理，你可以快點簽名嗎？我今天有點忙。」完全不知道韓睿毅心裡的糾結疑惑與峰迴路轉，方海筠只是疑問他今天的工作效率很低，而她今天不巧很多事待辦，可沒時間站在這裡等他靈魂歸位。

　　「簽！簽！」韓睿毅被一喊瞬間回神，趕忙簽了文件遞給她，然後就看到她頭也不回馬上走了出去。

　　這女人一點也不喜歡他，他不是傻子自然是看得出來，那他幹嘛要為她糾結至此？

　　所以保持距離才是上上策，不然他整天為了一個不喜歡他的女人靈魂出竅，這要是傳出去他的名聲還能聽嗎？

　　想至此韓睿毅忽然覺得安心多了，一整個下午心情都很愉快，工作效率也非常好，但問題來了，今晚不巧有場應酬，而他近來的習慣就是會帶方海筠出席，現在這情況他帶人去還是不帶的好？

　　韓睿毅糾結了很久，但礙於今晚應酬的對象又相當不巧就是方海筠初露鋒芒那場子的劉總，所以不帶她出席也不成，畢竟人家上回說了，以後要是有類似場合的話，方海筠是得在場的，所以想了想韓睿毅並沒有打消帶方海筠一同前去的念頭，只是……

　　「你送海筠回家，務必看到她進門上樓，而且確認她家樓下大門關上，然後等待她屋子的燈亮起後才可以離開。」

　　說好了要保持距離嘛，所以應酬結束後本來應該有的行為當然是得避免，雖然韓睿毅覺得吩咐他人送她回家讓他心裡怪怪的，但他就是為了撇除這種怪異的感覺才決定保持距離的，所以再怪也要這麼做，只是他沒發現自己像個老媽子叮嚀了一堆，讓被下指令的特助有點傻眼，雖然不敢表現出來。

　　「是。」特助努力維持自己表情上的平穩。

　　「去吧。」韓睿毅壓根兒沒管特助是啥表情，吩咐完了之後轉身就要走，卻在轉身後迎上方海筠有點疑問的目光。

　　「……總經理慢走。」方海筠內心是有疑惑，但她沒有開口問，看了他一眼後打了招呼就越過韓睿毅往特助那方向走去。

　　他不送她這也不算件事，而且說穿了以他的身分本來就不需要送她回家。

　　這樣也好，她不必準備宵夜了，省事事省，挺好的。

　　方海筠心裡是這樣對自己說，但當她回到家打開冰箱欲拿瓶水出來時看到冰箱那些對她來說根本是過多的食材時她還是頓住了身形，罕見地看著那些食材發愣。

　　說實話她的冰箱裡現在很多食材都是因為韓睿毅買的，現在這種情況她該拿這些食材怎麼辦，又或者說……

　　她該拿破天荒因為這種事發愣的自己怎麼辦？

# 十四、一個月

　　跟自己說好要跟方海筠保持距離，韓睿毅其實執行的挺徹底的，但問題是他發現自己越來越焦躁，完全沒有得到當初立定目標時預期的效果，這讓他感到很頭痛且無力。

　　然而韓睿毅雖然感覺自己的計劃效果不彰但並沒有表現出來，只是內心翻滾糾結，而方海筠也沒有什麼特殊反應，每天還是規規矩矩的工作，有應酬的時候陪著出席然後由特助送回家。

　　表面上一切好像風平浪靜就像回到她剛上任不久時的模樣，但只有他們兩人自己知道，心裡頭都怪怪的，心態早已經不太一樣。

　　但有別於韓睿毅稍微比較清楚自己的想法，方海筠倒是完全搞不清楚，本來正常來說對她而言誰送她回家都無所謂，但韓睿毅忽然就不送她回家且再也不用煮宵夜這件事還是讓她有點在意。

　　「我說，老闆最近只要沒應酬的話，下班時間一到就馬上離開公司，是不是又有新對象了？」

　　正當表面平靜無波但其實內心疑惑且略帶不自在的方海筠正悄悄分神之際，天外忽然飛來一句話讓她頓時回過神，微微側頭聽著其他同事不要命的竊竊私語，然後就快速眨了兩下眼睛，接著馬上火速把心頭的不自在及疑惑都拋到腦後置之不理了。

也是，韓睿毅風流是人盡皆知的事，她不該意外也該感謝同事們替她解惑，這樣也好，這樣她就不用再把他不送她回家且忽然不用煮宵夜有點不習慣這種事繼續放在心裡了。

手指飛快在鍵盤上打著，方海筠的周身頓時浮現一股冷冷的氛圍，讓周遭同事沒人敢去打擾她，直到她完成階段性工作抱著一堆文件公文走進總經理辦公室後，大家才敢再繼續竊竊私語，至於說的內容不外乎就是未經證實的八卦，倒是不怎麼重要，重要的是……

「總經理，如果有需要幫忙訂花訂禮物，請吩咐。」

韓睿毅的辦公室內，方海筠站在桌前雙眼盯著韓睿毅簽名，而一串本不該出自她口的話就這樣脫口而出，讓她自己都驚了。

「什麼意思？」韓睿毅抬頭疑問望著她。

「聽說你有女友了，所以應該會有這種需求。」掩飾自己內心的小慌張，方海筠一臉平靜的回道。

「什麼？」韓睿毅的眉頭瞬間皺了起來。

他有女友了？

誰？

什麼時候？

為什麼他這個當事者不知道？

「沒事我先出去了。」沒想理會韓睿毅那滿臉的疑惑，方海筠只想著可能是韓睿毅跟對方的感情狀態還未穩定所以不好說，那她也不好再逗留，鞠躬之後抱起文件公文轉身就走。

「等等！」韓睿毅馬上起身喊住她不說，還馬上走到她面前擋住她的去路。

「請問？」她不解看著他。

「我有女朋友這消息妳從哪裡聽來的？」韓睿毅一臉就是要個答案的表情。

「剛剛說的。」她指了指門。「外頭那些人說的？」韓睿毅的雙眼瞬間瞇了起來。

「嗯。」方海筠不懂他為什麼有點生氣的樣子。

「我沒有。」他居高臨下看著她，語氣很冷。

「沒有……什麼？」要看到方海筠在人前愣住是很難得的，但今天要恭喜韓睿毅看到了。

「女朋友！」韓睿毅的音量大了一些。

「是嗎……」這種像是在宣示什麼態度讓方海筠很疑問。

沒有就沒有，為什麼要生氣而且一副非要她相信的模樣？

「對！從妳來之後我一直都是單身，懂了嗎？！」韓睿毅也不知道自己幹嘛這麼火大，但他就是很火大，火大的點就是外頭那些人亂嚼舌根汙衊他。

「懂。」他的話方海筠是懂了，但他為什麼生氣方海筠卻是不懂。

「出去吧。」氣呼呼下逐客令之後韓睿毅就越過她回到位置上，再也沒有看她一眼。

開什麼玩笑？

居然在她面前造謠他有女友，還讓她真的誤會了，那些人是皮在癢還是吃飽太撐了？

韓睿毅越想越氣，然而這一氣就又想到她說生氣啃漢堡是最好的主意，突然就很想吃漢堡，但這還不打緊，因為一想到她說的食物就聯想到她的手藝，長達一個月沒有吃到的結果就是他現在很餓超餓非常餓，而且不想吃其他食物，就想吃她做的東西！

但說好要保持距離的，再想吃也得忍耐，還有其他想法也得忍住，畢竟……

她又不把他放在眼裡，就他一個人在那裏生悶氣而已，這人生何時變得這麼無趣了？

韓睿毅撫著額，覺得自己真是糟糕，糟到無與倫比！

# 十五、怨念

今天是低氣壓，而且是非常低非常低的那種，因為辦公室的人都看的出來韓睿毅心情不好，然後奇異的是方海筠看上去居然是有表情的，但更詭異的是沒有人把他們兩個人的情緒異常聯想在一起，畢竟誰也不認為韓睿毅會看上方海筠。

是啊，韓睿毅自己本來也是這樣想，但益發煩躁的心情完全是嚴重干擾他的日常生活及工作進度，想著自己不被方海筠放在眼裡這件事就讓他恨不得買兩個大漢堡來啃，以洩心頭那股怨氣。

但他沒有這樣做，就只是跟自己生著悶氣，陷入怨念的世界無法脫身，連方海筠站在桌前喚了他好幾聲都沒有回神，逼得方海筠只能繞過桌子走到他身邊，然後伸出手拍拍他的肩膀。

「你身體不舒服？」她覺得他今天狀態挺奇怪的。

「……心裡不太舒服。」韓睿毅沒好氣地回道。

雖然他也知道自己是在無理取鬧，她根本什麼都不知道，但是他的語氣就是好不了。

「那需要安排你去身心科就診嗎？」方海筠的表情有點嚴肅。「……不用。」韓睿毅瞬間覺得有股氣堵住胸口，感覺更不好了。

「有病得看醫生。」她覺得大人不應該耍小孩子脾氣。

「我沒病！」韓睿毅差點從椅子上彈起來，幸好他忍住了！

「但你說心裡不舒服。」這話不是他自己剛剛說的嗎？

「這個不舒服不是去看醫生就會好的！」韓睿毅忍不住白了方海筠一眼。

讓他不舒服的罪魁禍首不就在他面前嗎？

「……抱歉。」韓睿毅慢慢激動起來的情緒讓方海筠覺得心裡就跟他的症狀一樣不舒服，道歉過後轉身就走。

如果他心情不好也不該拿她當出氣筒，但話又說回來，是她自己多事，似乎也不能怪他，只是……

她幹嘛要這麼多事？

他不舒服就不舒服，關她什麼事？

邊走邊想，一股想吃漢堡的衝動洶湧而上，方海筠停住腳步，一句「我下午要請假」正要衝口而出，誰知道韓睿毅不知何時早已來到她身後。

「走！吃漢堡去！」不等她轉身也沒等她回應，韓睿毅話一丟然後拉起她的手就走。

「啊？」方海筠敢發誓，自己在外幾乎沒有這麼失態過，但眼看手被他拉著，一出門又面對一堆驚愕的眼神，她是真的有點不知所措。

「你們很閒對吧？」有別於方海筠的無措，韓睿毅倒是正好抓到機會訓一訓眼前這群愛嚼舌根的傢伙。

而八卦群眾一聽到總經理這麼說之後，沒人敢回應不說，還全體立刻馬上在座位上正襟危坐，連大氣都不敢喘一下。

　　沒辦法，老闆今天不開心是大家都知道的，而雖然大家都很疑惑為什麼老闆會拉著秘書的手一副要外出約會的樣子，但誰敢問啊？

　　又不是不要命了！

　　在這個世道最好的自保方式就是確認老闆帶著秘書離開之後再聚集，至於是不是要繼續八卦這個問題……

　　為什麼不呢？

　　剛剛老闆拉的可是秘書的手，是那個全世界都覺得老闆不會喜歡上的那位的手啊！

# 十六、只是漢堡還不夠

他到底是怎麼回事？

正在料理晚餐的方海筠實在是搞不懂。

回想起下午韓睿毅帶著她出門去了速食店啃了兩個大漢堡，然後就拉著她手在商場閒逛，但這不是重點，重點是距離大漢堡時間也就三個多小時，他居然跟她說他又餓了，然後很自然拉著她進了商場的超市，說了自己想吃的東西後就盯著她一樣一樣把食材放在購物車內，最後回到她家。

現在的情況是她正在煮晚餐，然後他在客廳看電視，而且一副非常放鬆的樣子。

等等，他不是心情不好嗎？

為什麼現在怎麼看上去好像心情很好的樣子？方海筠一邊醃漬著雞肉一邊疑惑，怎麼也想不通現在沙發上的那位到底是什麼情況。

但疑惑歸疑惑，方海筠的手卻是一刻也沒停下來，一樣一樣將料備好，很認真做著他想吃的菜餚，也就是在這個時候她忽然感覺自己下午被當出氣筒的不舒服消散了，剩下的只有想趕快餵飽他的念頭而已。

「對了，聽說我爸找妳去過我家？」

忽然間，韓睿毅想起了這件事，就用很稀鬆平常的語調問出口，但這是不正常的，因為第一他明知道方海筠是他老爸指定上位的，第二他以前最討厭的事就是父母干涉太多，尤其是

在他的私生活方面,現在這樣的平靜而且對這件事好像沒太擺
在心上著實奇異。

「嗯,叨擾了董事長跟董事長夫人一段時間還吃了午餐。」
方海筠沒回頭,他問了她就答,也沒覺得有什麼不對勁。

「嗯,我家廚子手藝還不錯。」但比不上妳,韓睿毅在心
裡這麼說。

「還可以。」方海筠說話一向直白。

但她回完話之後韓睿毅卻沒有了動靜,她頓時有點疑惑,
轉頭一看才發現他盯著電視很認真看著新聞,心想這話題好像
不應該這樣就結束。

在他眼裡她若不算是個間諜也應該算是個由董事長安排
本來不合他心意的空降部隊,現在他知道她被找去怎麼沒啥太
特殊的反應?

「怎麼了?」感覺到她的注視,韓睿毅眉一挑問道。

「你……不想知道我跟董事長還有夫人談了什麼?」按理
說他應該想知道的不是嗎?

既然他都知道她去過了,難道不會認為他老爸又想什麼主
意要弄他嗎?

「不想。」韓睿毅聳聳肩,一臉無所謂的樣子。

「為什麼?」方海筠有點懵了。

「有什麼是我必須一定要知道的嗎？」他會提起這件事也就是忽然想到，並不是想刺探敵情之類的。

「認真說的話……沒有。」方海筠偏頭想了下，發現的確是沒什麼好說的。

那天的情況其實跟話家常沒什麼差別，硬要說哪裡奇怪的話，她認為大概就是顏靜蘭問她的那句「妳對我兒子有什麼看法」這句而已吧。

「嗯，妳忙吧，小心別切到手。」既然沒有就不該耽誤吃美食的時間，畢竟韓睿毅好久沒吃到方海筠的手藝了，他可是期待的很。

「好。」旋回身，方海筠繼續忙碌，只是忙著忙著她卻發現有句話不想則已，一想好像揮之不去。

她對他有什麼看法……

停下切菜的手，方海筠微微蹙起了眉頭，本來不應該浪費時間思考的問題，她現在卻是有點陷了進去。

看法嗎？

說實話，她覺得他很奇怪，怪的讓她有點不自在，但是更奇怪的是，她居然自身在調節自己去習慣這種不自在，這是代表什麼意思？

# 十七、意外的纏綿

　　方海筠本來就是個很自制的人，平常是滴酒不沾也沒什麼壞習慣，但有時候老天爺就是喜歡跟你開玩笑，你不碰不代表不會意外中招，不然她現在也不會全身癱軟倒在韓睿毅懷抱中由著他摟著然後醉眼朦朧的看著他拿她包包裡的鑰匙打開她家的門。

　　結果門一開韓睿毅也不囉嗦，直接把她打橫抱起，一路抱進她臥房將她輕輕放在床上。

　　本來呢，韓睿毅是打算替她蓋好被子就要走，但是那隻抓著他手臂的小手沒放開他的腳步也就沒邁開，很自然的坐在床沿看著她那張人家說平凡但他現在卻覺得異常順眼的臉龐。

　　「頭……暈……」這種感覺方海筠還是第一次接觸。

　　「妳不喝酒，卻把高粱當成開水一口喝下，頭能不暈嗎？」韓睿毅感到有點好笑。

　　這件事說來也是巧，今晚應酬的大老闆就喜歡喝高粱，而本來應酬對象愛喝什麼都跟方海筠沒關係，因為她又不喝酒，而韓睿毅也不怎麼喝，畢竟應酬結束後還要駕車，只是沒想到就這樣被晾在桌上的兩杯透明液體會有一杯就在方海筠想以水代酒回敬今晚的客戶時就這樣被她快速喝下肚，而毫無意外的她也快速醉了，人直接當場癱倒在韓睿毅懷裡，所以才會演變成現在這個局面。

「會想吐嗎？」見她沒回話眉頭又緊皺，韓睿毅可以感覺到她是真的很不舒服。

「不……」方海筠微微搖頭，但這一搖腦袋裡卻有如颱風過境般有種要炸裂的感覺。

她一向討厭這種無法自制的情況，因為如果她發現不能控制自己的思緒或行為，那她的內心就會有一種很深層的恐懼浮上來，會想起自己是一個沒有人要的孩子，也會想起自己在孤兒院過的日子還有離開孤兒院之後經歷過的一切。

就是因為這樣的背景所以她很習慣用冷淡冷漠偽裝自己，因為只有這樣她才感覺自己不孤單，因為她還有自己，一個堅強的自己，但是現在……

「那……妳想我留下還是離開？」韓睿毅不知道自己該不該走。

如果讓他選的話，他肯定選擇留下來，但雖然他常來她家卻沒有過夜的紀錄，而且她獨居且沒意外應該是個清清白白的女孩，他貿然留下似乎不太好。

說來也不能怪韓睿毅想得太多而且想的方向還是以前完全沒涉獵過的範圍，因為方海筠完全不是他以前遇過的類型，他真的有點不知道該怎麼處理。

　　即便他現在對她很有好感，說白一點就是喜歡，但他很清楚知道現在躺在床鋪上的女子對他一點興趣也沒有，他如果真想得到她就不能讓她討厭他！

　　「留……下……」方海筠在半夢半醒之間給了答案，因為此時此刻她不想要孤單。

　　「好，但我先出門買解酒液吧，妳這樣不行。」想了想，韓睿毅認為留下陪她絕對沒問題，但她這種狀態卻很有問題。

　　誰知道他才剛想要起身，方海筠卻忽然使勁一拉他手臂，沒有防備的他就這樣趴撲在她身上，瞬間鼻間就傳來她身上的酒味還有一股淡淡的幽香。

　　「海筠，放開我，這樣會出事的。」韓睿毅試圖用冷靜的語氣勸方海筠放手，因為她的手還是緊緊拽著他。

　　「沒事……我不想……一個人……有時候會想……如……如果有個人……可以陪在我……我身邊就……好了……就算是個……孩子……也沒關係……」一段話斷斷續續從方海筠口中傳出，她說的有點辛苦但卻是她心底最真實的聲音。

　　「妳說真的假的？」韓睿毅有點被她驚著了。

　　「真……真的。」回答的同時方海筠的雙臂也纏上了韓睿毅的脖子。

「呃……老實說，妳兩個願望我挺願意替妳達成的。」但問題是該是今夜嗎？

韓睿毅很猶豫，因為她是醉的而他是清醒的，這樣好嗎？

無預期中「趁人之危」四個大字就這樣閃進韓睿毅的腦袋裡，他頓時有點懵，不知道自己到底該怎麼選擇。

不過沒關係，他不知道怎麼選方海筠倒是很果斷替他選了，雙臂用力將他往下拉，兩人的嘴唇就這樣瞬間貼合在一起。

接下來的場面基本上就是兒童不宜，只能說是春光爛漫纏綿旖旎了！

# 十八、依然冷靜

方海筠從來沒有想像過自己有一天會遇上現在這樣的場面。

早上六點在腦昏腦脹及渾身酸痛還有某個地方也很不舒服的情況下醒來的她，因為酒的效力已退了八成讓清醒的她發現自己被某個人圈在懷裡，然後讓她驚愕的是她是裸體而且對方也是。

等一下！

這是什麼情況？

面對著赤裸的胸膛方海筠很慌，還微微發脹的腦袋瓜快速轉著但效果不彰，只能得到一些片段記憶，不過對聰明的她而言倒是夠了。

咬下了唇，她想著怎麼也得先穿上衣服才行，但她身體才一動韓睿毅就醒了。

「再睡一下吧，應該還早。」摟著她醒來的感覺挺好的，韓睿毅壓根沒想要鬆手，說話的語氣更是甜甜膩膩的氛圍。

「……總經理，我想先洗個澡。」有點被他過分溫柔的語氣嚇到，但方海筠沒有表現出來，只是在頓了一下之後提出想沐浴的要求。

她要藉洗澡冷靜一下自己，然後順便在浴室裡好好想想該怎麼處理這個狀況。

「嗯，去吧。」韓睿毅沒有想太多，也不覺得她這麼冷靜沒尖叫或是沒扯著他問為什麼很奇怪，因為她本來就是個特別的女孩。

只是當半個小時過去她出來之後說的話卻讓韓睿毅徹底傻眼了。

「等一下，我先確認一下妳剛剛是說『很抱歉我失態了還連累總經理一起』這句話對嗎？」韓睿毅真的以為自己聽錯了。

「對。」恢復本色的方海筠輕輕點頭。

「妳真的知道昨晚發生了什麼事嗎？」韓睿毅總覺得她沒搞清楚狀況所以才會說出這樣的話。

「大概清楚，不會差太多。」自己的身體自己清楚，失去了什麼當然也清楚。

「那……妳怎麼會還說出這樣的話？」韓睿毅感到有點不可思議。

「因為是一場由我引起的意外。」方海筠是這樣認為的。

「……昨晚是妳先主動沒錯，但是……」韓睿毅正想解釋卻見到方海筠臉色一沉。「所以是我拖累了總經理，真的非常抱歉。」方海筠此時非常痛恨自己昨晚的所作所為，也恨極了那杯造成事故的酒。

「所以妳的意思是要我當作沒發生過是嗎？」至此，韓睿毅算是理解了方海筠的意思，頓時感到有點火大。

　　曾幾何時他變成一個被用完就扔的男人了？

　　「是。」方海筠沒有一點猶豫，即便看到他臉色變了也沒有退縮。

　　「好，隨便妳！」韓睿毅馬上翻身下床，拿起被昨晚被亂扔的衣服一件件穿上，越穿越火大。

　　他知道她從來不在意他這個人，但他沒想到她居然連兩個人已經發生了這樣的事件她還是一樣的態度，那也就是說她對他不只是沒感覺而已，根本是很討厭吧！

　　咬著牙，這樣的認知讓韓睿毅在穿完衣服之後幾乎沒有一秒停留就火速離開了方海筠的住處，而他離開後方海筠也才鬆了一口氣，整個人有點癱軟倚在床沿。

　　這是不該發生的事為什麼就這樣發生了呢？

　　而且就算是她主動他也該拒絕不是嗎？

　　她又不是他的菜，難道男人真的到嘴邊的肉一定會吃下肚嗎？

　　可是他離開的時候很生氣，是在氣什麼？

　　氣她還是氣自己不挑食？

　　一連串的疑問讓方海筠很無力，但讓她更無力的是等一下還要上班，她得面對他，但她現在心很亂，有點不知道該拿自己怎麼辦才好，這下該如何是好？

# 十九、眼不見為淨

　　很顯然方海筠的憂慮是多餘的，因為連著幾天她連韓睿毅的面都沒見著，而這件事也引來她周圍同事議論紛紛，畢竟老闆連著幾天沒來公司是接班之後前所未有的事情，但幸好還是有打電話到公司隔空處理一些重要事件，但電話不是打給她就是了。

　　他不高興，這是方海筠目前唯一能確定的事，但問題是不高興的點是什麼？

　　是因為跟她發生親密關係還是其他的原因？

　　說實話方海筠實在搞不清楚，但就算她平日冷靜自持自認是個勇敢且能冷靜面對任何事的人，可對於這件事她卻是提不起半點勇氣打電話問他，因為她說穿了也不知道該怎麼問或是從何問起。

　　其實想想也是，總不能讓她打電話過去一開口就問「請問你是因為跟我上床才生氣嗎」又或是先顧左右而言他的「今天天氣不錯，請問你為什麼生氣吧」這樣的話吧？

　　不管是前一句還是後一句她很確定自己都問不出口，所以事情就懸在原地，而男主角至今不願意現身。

　　但其實只要她發揮平時敏銳的功力，從那晚零碎的記憶再到那天早上韓睿毅的態度還有他聽到她回話時瞬間變臉的表情其實就可以知道他為什麼生氣，但偏偏平時很精明的方海筠

在這件事上卻非常糊塗，逕自把他不悅的原因狂往是因為對象是她這方面推，導致她自己現在嚴重犯迷糊，完全沒了頭緒。

但這也不能怪她，畢竟所有人都知道她不是他的菜，說白一點是連邊兒都勾不著，她又向來个做白日夢，就算覺得近日自己對韓睿毅似乎有點不太一樣的感覺她也刻意忽略，因為就如大家所想，她跟他是不可能的，那她何必自己在那裡編織可笑的美夢？

可這是她的想法，所謂的大家都認為她與他不可能這件事其實在上回韓睿毅拉著她手大大方方翹班去時已經稍稍被打破了，雖然是有點跌破大家眼鏡，但「世上無絕對」這件事大夥兒都懂，所以就等著靜觀其變，誰知道卻等來老闆不上班這個窘況，真是讓大家都失望了。

不過，就在大家都認為老闆會繼續不現身的時刻，在睽違了五天之後韓睿毅終於來公司了，冷著臉走進了辦公室，誰也沒多看一眼。

這下好了，老闆來了該辦的事還是要辦，所以方海筠還是抱著一堆文件公文敲門進入，卻在放下手上所有東西之後聽到……

「出去吧，好了我會通知妳。」韓睿毅連看都沒看她。

「……是。」方海筠當場楞了下，咬了下唇就轉身退了出去，心裡忽然有點難受但她忍住了。

　　然而她不知道的是她一轉身韓睿毅就抬頭了，看著她的背影有股想喚她留下的衝動，但那早的記憶瞬間洶湧而來，所以到嘴邊的話硬生生吞了下去。

　　她既然討厭他到兩人發生關係了她也希望他當成沒發生過，那他的確是不需要繼續熱臉去貼冷屁股，這些天他思考了很多，本來想直接把她調離秘書職位但又捨不得，所以就只能是現在這種方式了。

　　能看到她卻又不過份接觸，他想她應該可以接受吧？

　　畢竟這是他最大的讓步了！

　　只是曾幾何時他韓睿毅竟然喜歡一個女人要喜歡的這麼窩囊了？

　　果然是印證了那句話，叫做「夜路走多了就會遇到鬼」，而他風流了這麼久終於遇到剋星了！

# 二十、說與不說

　　韓睿毅寡言冷淡的情形持續了一個多月，這期間方海筠雖說有點不習慣但也逼自己習慣了，反正孤獨本來就是她從以前到現在都在沉浸的滋味，再多一個調味料也無妨，只是有時候看著夜晚空蕩的自家客廳會覺得有一點點寂寞罷了，但她只願意承認只有一點點，因為再怎麼說韓睿毅這個人本來根本就不應該參與她的日常生活。

　　然而說是習慣了，但表面上平靜無波的方海筠還是被一件事給嚇到了。

　　愣愣看著驗孕工具上的兩條線，很少傻住的她傻住了，一股不知道該無措還是該高興的情緒包圍著她。

　　她長久以來都是自己一個人，也常幻想如果有個孩子陪她該有多好，現在夢想成真自然是好，她對這件事是驚訝又開心的，也不算太意外自己會懷孕，畢竟那天她的記憶是她與韓睿毅兩人似乎沒有做任何防護措施，自然有懷孕的機率，可問題是……

　　那位已經好一陣子不願意跟她多說一句廢話的男人，會想知道這種事嗎？

　　這個孩子她是一定要保住的，不管是誰都無法動搖她的決心，至於孩子的爸爸是否該知道這件事，這她得思考一下，畢竟她不該在孩子還沒出生就剝奪他擁有爸爸的權利，但她也怕

如果跟韓睿毅坦白，那個風流的男人會叫她把孩子拿掉，雖然說她記得好像有好一陣子沒聽到韓睿毅的流言蜚語了。

「到底該說不該說？」

方海筠摸著肚子喃喃問著自己，但這樣的氛圍又像在徵求孩子的同意，只是現在孩子還無法回應她，最後還是只能她自己作主了。

困擾了好幾天，方海筠最終還是決定要坦白，只是就在她想坦白的那一天，一個八卦雜誌外加數張照片的報導徹底打退了她好不容易下定的決心。

「老闆放棄吃窩邊草這麼久，結果原來專注向外發展了啊？」

「這個女的不是現在當紅的女明星嗎？」

「可不是嗎？」

「商界才俊與女明星酒店共度兩天一夜，難怪老闆前兩天下午才進公司，原來是因為這樣啊！」

耳邊八卦的聲音不絕於耳讓正逼迫自己專心工作的方海筠感到有些煩躁，打字的速度加快而她的心也有些亂了。

這下好了，虧她還掙扎了好幾天要說不說的問題，好不容易她下定決心想說了，爆出這種事情她還用說嗎？

不了吧！

　　說了豈不是破壞了人家的好事，沉寂了好一陣子終於找到新歡，她得恭喜他才對，至於懷孕這個問題她自己解決就可以了，但她挺感謝韓睿毅的，因為他給了她一個孩子，這是她所需要的，雖然……

　　她也在這幾天思考時不由自主的幻想過如果懷著孩子嫁給他是什麼光景，但幻想終究是幻想，果然是想想即可，別想太多踏踏實實過日子才是她的命運也是她一向的座右銘。

　　只是她忽然也明白了，如果不坦白而她想保住這個孩子，那麼這間公司是不能待了，要不只會讓自己陷入一種前所未有的窘境而已。

　　打著字，方海筠思緒飛快轉著，想著自己無論如何也要在懷孕的姿態被看出來之前離職，這樣她才能保住她的寶寶，讓她往後的人生不再孤零零一個人。

　　然而，問題來了，雖然最近不跟她多說一句廢話的男人卻還是很依賴她的能力，那她要用什麼理由離職呢？

# 二十一、火山爆發

　　雖然韓睿毅與女明星的誹聞很快被闢謠了，但方海筠決定要離職的心意卻沒有任何動搖，因為依照韓睿毅風流的慣性，這個不行還會有下一個，而她在公司這麼久當然不會不明白這一點。

　　當然她不曾去細想為什麼韓睿毅的風流生涯中途中斷了一段不短的時間而且那段時間還是她與他接觸最頻繁的時候，畢竟她的個性就是不會去多想妄想，即便想了也會馬上自嘲自己想太多，所以就算韓睿毅與女明星那樁誹聞只是樁烏龍，但她的心意卻不會再改變了，就算那樁烏龍誹聞之後韓睿毅沒有再傳出任何風流韻事，可她也只認為是因為韓睿毅沒有再看上新對象而已。

　　而今日，距離那樁烏龍誹聞已然過了快兩個月，韓睿毅依然單身而且任何八卦都沒有，不過做事一向謹慎的方海筠在斟酌了幾天之後決定在下個月底離職，所以她認為在這幾天提出辭呈是最好的時機。

　　然而她沒料到的是，當她一把辭呈放到韓睿毅面前，他的表情瞬變不說，還帶著一股強烈的憤怒感。

　　「個人因素是什麼？為什麼要離職？妳的待遇不夠好嗎？還是有其他公司來挖角？」很用力才勉強鎮壓住內心的震驚與憤怒，韓睿毅冷聲看著她發問。

「因為我想要離開過於繁忙的生活到鄉下去居住，這裡的待遇很好但也很忙，我認為自己已無法負荷所以請總經理另請高明，我希望在下個月底前離職，這件事跟其他公司沒有任何關係，在離職前如果總經理已經物色到合適人選，我會在離開前交接好一切事務，請不用擔心。」準備的說詞一字不漏，方海筠看著臉色已接近寒冰狀態的韓睿毅沒有一絲退縮，還是面無表情把話說完了。

「妳覺得累可以請特休或是直接跟我說要休多久，我都可以接受，但我不接受妳辭職，把辭職信拿走！」壓根兒不想同意的韓睿毅用力把辭職信往前一推，擺明就是不准！

「總經理如果不准我會直接找董事長說明，畢竟當初發派我上來當總經理秘書的人是董事長，我想我要離職由他同意也是合理的。」預料中的情況所以方海筠沒有退縮，畢竟她很了解韓睿毅認為有她在一切公事都可以很順利進行，而且有時還會有額外的收穫。

「妳……！」韓睿毅當場真的是快氣瘋了，雙眼瞪大到極致！

「以上，那我就先出去了。」看韓睿毅氣成這樣其實方海筠有一瞬間有想過要追問，但就那一瞬間念頭就斷了，只是在看了他一眼之後鞠躬轉身就要走。

「妳給我站住！」韓睿毅整個大爆發，不只嘴巴喊停連身體都動了，起身衝過去直接把方海筠困在自己與門板之間。

「總經理，雖然我的能力讓你不嫌棄，但我想應該還有比我更強的人可以勝任，只要你不堅持用以往的標準挑人的話，又或者男性應該也可……」以字還沒出口，方海筠就被韓睿毅前所未來的暴怒給嚇著了。

「妳就那麼討厭待在我身邊？我是凶神惡煞還是什麼的？當個秘書委屈妳了是嗎？妳到底想怎樣？妳到底想把我怎樣！」失控的情緒換來的就是失控的言語，韓睿毅一字一句都是用吼的，壓根忘了這樣的音量外頭是聽得見的。

「……總經理，我不懂你的意思，我沒有想把你怎樣，我也沒覺得委屈，只是人不能有自由意志嗎？」方海筠勉強在火爆的氛圍中穩下心神，睜著一雙平靜的雙眼抬頭看他。

「妳一向很自由吧？哪裡不自由了？妳的我行我素讓我抓狂了好幾次妳都忘了？妳現在跟我談自由意志？妳的意志一直都是自由的吧！」韓睿毅當場氣笑了。

「既然如此，那總經理現在為什麼要這麼暴怒？」既然說她我行我素慣了，那麼她要離職他就該同意不是嗎？

反正照他的說法就是不管他怎麼反對她都會按照自己的意思做，那他這麼生氣做什麼？

方海筠實在不懂。

「誰暴怒了？妳不要以為自己真的很重要！」很好，違心之論來了，但韓睿毅實在無法克制自己的火氣。

「是，你沒有生氣，很抱歉是我誤會了，我並沒有覺得自己很重要，那既然如此就請總經理核准我離職。」反正她不重要不是嗎？

「不准！」聽到離職兩個字韓睿毅怒火又再度飆升，已然到他自己都快無法控制的高度。

說實話他很想坦白自己需要她想要她，但問題就是她一點也不想要他需要她，本想著她能待在自己看的見的地方就好，可現在從來不曾有過如此卑微希望的他又被她一句離職給打敗，他到底該拿眼前這個女人怎麼辦，他實在沒了主意。

以他對她的了解，若是他坦白他想要她的心情，以這女人我行我素的個性肯定逃的更快，所以他原本不敢冒這種風險，可現在這種情況又該如何是好？

「那麼請容我下午請假，我現在就去拜訪令尊與令堂。」雖然感覺韓睿毅的情緒很矛盾，但方海筠也被搞得有點火氣上來，話一丟就推開韓睿毅打開門便往自己座位走。

但這還不打緊，在韓睿毅兩眼噴火及周遭同事驚愕的注視下，她沒有絲毫猶豫拿好手機抓了包包就走，讓人想拉住她都來不及。

「該死！」韓睿毅低咒了一聲，接著用力把門甩上，然後拿起手機就撥。

「兒子，怎麼了？」電話那頭傳來韓仲柏的聲音。

「爸！不准她離職！算我拜託你！」因為著急所以韓睿毅說話有點沒頭沒腦。

「誰？」韓仲柏果然是丈二金剛摸不著頭腦。

「方海筠！」這個讓他又愛又氣的女人。

「她為什麼要離職？你對她做了什麼？」韓仲柏好奇的問。

「這個以後再解釋，反正她現在過去找你跟媽了，你不要同意她離職！」韓睿毅語氣依然火氣很大。

「知道了，但我幫你這個忙有什麼好處？」韓仲柏居然還有心情跟暴怒的兒子抬槓。

「爸！」韓睿毅簡直快瘋了。

麻煩誰來告訴他，今天是他的倒楣日還是什麼的？

不然為什麼好向全世界的人都在跟他作對？

好不容易掛了電話，韓睿毅卻是怎麼也靜不下心來，但他知道父親會幫他倒是安心了不少，可他不知道的是這件事可不是他們父子聯手就可以解決的，因為人可是會被程咬金劫走，讓人防不勝防呢！

二十二、消失

　　韓睿毅已經有點搞不懂自己到底是找了三年多氣了三年多還是怨了三年多，總之三年多了，他一直沒找到方海筠，她就像從人間蒸發了一樣，自那天下午說要去拜訪他父母而人真的也去了結果提離職被他爸拒絕回家之後她人就不見了。

　　至少截至目前為止他知道的情況就是這樣，而真正的事實是怎樣，很抱歉他無法回答，因為他根本不知道！

　　隔天她沒上班他立馬跑到她家，卻只得到隔壁鄰居說她已經搬走的消息，讓他當場愣住，但這還不打緊，重要的是他不管怎麼找，也敢說自己幾乎只差沒挖地三尺找人了，可人還是找不到，他也轉變成從滿懷希望到現在的抱有一絲絲希望，但他依然對方海筠的去處沒有一絲頭緒，只剩下希望天降奇蹟而已。

　　「兒子，又在想海筠？」端來熱茶來書房卻看到兒子拿著筆發呆的顏靜蘭沒多想就猜到兒子的發楞是為什麼。

　　「媽，妳說她到底是……」說到這件事，韓睿毅又氣到沒辦法把話說完。

　　「所以說你當初幹嘛不直接跟她說清楚？」顏靜蘭忍不住白了兒子一眼。

　　「那還不是因為……我知道她很討厭我嗎！」這種情況要他怎麼說？

「她是真的討厭你嗎？其實媽媽不這樣認為。」是說誰會讓很討厭的人進自家門那麼多次還煮消夜給他吃？

「但她表現出來的模樣就是這樣，而且……那件事之後她竟然跟我說要我當沒發生過，妳覺得這樣叫不討厭我？」顯然韓睿毅對當年之事依然耿耿於懷。

「你怎麼就不會認為她是不知道該怎麼辦所以逼自己冷靜呢？」顏靜蘭提出了不一樣的論點。

「媽，妳又不是不知道她個性比較特殊，妳要我怎麼用一般女人的標準去界定她？」說到這個韓睿毅就覺得自己挺無辜的。

「她再特別也還是個女人，甚至有可能就是個討厭孤獨卻又逼自己享受孤獨的女人，你自己不是也說了，那天你們會發生那件事的原因就是因為她說自己很孤單嗎？」任顏靜蘭怎麼想都覺得自己的看法才是對的，只可惜她也知道事到如今於事無補。

「所以……她到底在哪裡？！」韓睿毅真的很想知道。

「咱們都找了三年多了，那樣慣於隱藏自己的孩子若不想出現咱們也不可能找到，只是……」這件事顏靜蘭總歸覺得有點奇怪。

「只是什麼？」韓睿毅一臉好奇看著母親。

「就算是覺得累想離職被你跟你爸拒絕，但她的個性也不會是不說一聲就消失的人，況且你不是說了，她說她會等交接完再走嗎？」這就是疑點。

「沒錯，這個問題也困擾我很久，我真不明白她為什麼消失的這麼突然，本來我甚至還以為她被綁架了，但聽她鄰居說雖然是一夜之間搬走的，可是卻不是被逼迫的，甚至還去跟左右鄰居打了招呼才走。」搞不清楚弄不明白就是韓睿毅最好的寫照，也引來他眉頭深鎖。

「好了，先別想了，你明天下午不是要搭機前往美國出差嗎？

早點休息吧。」顏靜蘭拍了拍兒子的肩膀。

「知道了，謝謝媽。」韓睿毅也知道再怎麼想也沒用，只要當事者不出現，誰也不會知道答案。

但他真的很想知道方海筠這個人，現在到底在哪裡！

二十三、伊人不是一人

　　韓睿毅必須說他非常意外，因為來到美國見到合作方之後他赫然發現有個人居然在場，那就是 Alexander。

　　這個人從學生時代就跟他不對盤到現在，原因不外乎就是兩人實力外表都差不多，莫名其妙的勝負欲跟競爭心態存在在他們兩人之間已久，後來大學畢業後他回國而 Alexander 留在美國，兩人幾乎沒再見過面，只除了幾年前那一次在文件上的交手外，他幾乎都快忘了自己很討厭 Alexander，而 Alexander 也很討厭他這個事實。

　　這下好了，不想相見的兩人一對上眼就是電光火石，旁人可能沒有這麼敏銳察覺到，但他們兩人自個兒可是清楚得很。

　　但這回兩人都沒有選擇的餘地，就因不對盤不想跟對方合作是不行的，因為這次合作案的主導者並不是韓睿毅或 Alexander 這兩方，所以也只能尊重最大出資者的意見了。

　　然而因為如此，所以一場會面兼短程會議還算順利，只是當散會之後韓睿毅才剛上車要前往飯店休息，卻在一個轉頭瞥見讓他震驚的畫面。

　　「海筠！」

　　韓睿毅一個衝動就要開門下車，但他身邊的特助余浩卻在同樣震驚的同時拉住他手臂，阻止了他的衝動。

「總經理，海筠手還拉著一個小孩子。」余浩面對老闆投來的殺人目光雖然哆嗦了下，但還是把老闆看漏了的事實說出來。

「小孩子？」按耐住要衝上前的慾望，韓睿毅聽了余浩的話這才發現方海筠的右手的確牽著一個孩子。

怎麼會有孩子？

韓睿毅有點傻了，很多想法在此時很歡快的在他腦海裡奔跑，然後他想起了那一夜，正想著孩子莫非是他的之時，一抹身影踏著輕快的腳步迎向了快步走向他的母子，甚至還馬上低下身抱起孩子親暱的貼臉，然後空出一手把方海筠摟住的舉動讓韓睿毅的臉色頓時黑了。

「總……總經理，看來海筠是……結婚了……了吧？」余浩感覺自己有點無法承受接下來要發生的事。

完蛋了！

「這……怎麼可能……」過人的衝擊讓韓睿毅有點暈眩，遲遲無法反應過來，就這樣呆呆看著那一家三口離開現場。

Alexander？她嫁給 Alexander 還生了孩子？

「老闆，您……沒事吧？」余浩覺得自己在問廢話，但是他沒有辦法。

「先回酒店。」深深吸了一口氣之後韓睿毅才算勉強冷靜了下來。

　　只是在去酒店的路上他眉頭深鎖，怎麼也想不通為什麼剛剛會出現那樣的場面，按理說方海筠跟 Alexander 是不可能有交集的，難道是來美國才認識的？

　　而話又說回來，方海筠真有討厭他到需要因為他不同意離職而在一夜之間逃來美國嗎？

　　他就真的這麼惹她厭嗎？

　　一連串的疑問衝擊著韓睿毅讓他一夜無眠，直到天明也沒有睡下，心裡想的除了方海筠還是方海筠。

# 二十四、真相

　　花了好幾天費了好大一番功夫的韓睿毅真的是好不容易才查到 Alexander 的住處在哪裡，而礙於怕自己過於鬼祟的行動被報警處理他只能捨棄平日光鮮亮麗的穿著打扮的一身休閒然後拉著余浩在 Alexander 住處附近閒晃，看是否能打探到解開謎團的消息。

　　當然，他也知道自己這樣不太對，但沒辦法，Alexander 檯面下的一切事都很神祕，能查到住處在哪已經讓韓睿毅傷透腦筋，所以也只能這樣了。

　　然而，在這種讓韓睿毅覺得自己找了三年找來一人婦覺得失望透頂卻又不甘心的時刻，老天爺居然挺賞臉的讓他看到了昨日見到的那個小孩帶著一些孩子專用的挖土小工具跑出來庭園蹲下就要玩，耳邊也傳來方海筠要孩子小心的嗓音，讓他毫不考慮馬上蹲低身子隱藏自己，趁機仔細觀察孩子。

　　「老闆……我說實話，我覺得……孩子跟您……挺像的。」也被逼迫蹲低隱身的余浩在仔細看了孩子的長相之後很小心翼翼的說道。

　　他是不知道方海筠跟他老闆之間發生過什麼事，但看這幾年老闆一直在找人且沒任何誹聞就代表這兩人應該有點什麼，現在看了孩子的長相他就越發覺得自己的猜測沒錯，而且說真的，孩子真的是很像他老闆，他沒有說謊。

　　「你覺得像？」韓睿毅眉頭一撐。

「對……」余浩趕忙點頭。

「我也覺得挺像的。」自己小時候長啥樣從照片上總會知道的，而韓睿毅發現正在玩耍的孩子眉宇之間除了有他的影子之外，也有方海筠的影子。

但要說完全沒有 Alexander 的影子也不是，至少在他發現孩子像他也像方海筠之後他就發現孩子也有一點點像 Alexander。

只有一點點，他堅持。

「老闆？」余浩看著身邊表情陰晴不定的老闆，總覺得有點可怕。

「你先回去。」韓睿毅決定要自己留下來。

事情總要弄個明白，是或不是他想要個解答，也算是給自己這三年多一個答案，所以把余浩打發了之後韓睿毅微微起身，帶著微笑看向那個正在挖土玩的小傢伙。

「HELLO，Should I speak to you in English or Chinese？？」他率先打了招呼。

「叔叔，你是誰啊？」聽到有人打招呼又問問題，小傢伙一個抬頭就問，而在看到韓睿毅的臉後竟然莫名覺得很是親切，但他不知道為什麼。

「叔叔是你媽媽的朋友，叔叔想問你，你今年幾歲？你爸爸呢？」韓睿毅問著自己最想知道的問題。

「小安三歲，小安沒有爸爸，只有媽媽跟舅舅！」因為親切感所以小安一臉天真的認真回應。

「舅舅？」這個答案讓韓睿毅當場愣住。

所以 Alexander 是這個孩子的舅舅？

而孩子說他沒有爸爸，但孩子跟他很像，孩子的媽媽是方海筠，而且孩子今年三歲……

那也就是說……

這個孩子很有可能就是他的孩子！

「寶貝，那叔叔再問你，為什麼你沒有爸爸？」好吧，他承認問這種問題對孩子很失禮，但為了孩子以後會不會有爸爸這個問題，他還是必須問清楚。

「媽媽說……爸爸不在這裡，然後爸爸很愛生氣，說……都不知道為什麼。」小安偏著小腦袋瓜回想回道。

「……小安，叔叔就是你爸爸。」韓睿毅這下算是已經百分之九十五確定了。

「啊？可是……可是……」小安顯然被嚇到了。

「小安，你讓爸爸進屋好嗎？爸爸想跟你媽媽說說話。」有些事肯定是要說清楚的。

「但是……為什麼你是爸爸呢？」小安完全搞不懂。

「這個之後再跟你解釋，你先帶爸爸進屋好不好？」說來也尷尬，韓睿毅在這個時刻居然有點怕方海筠不想見他。

「喔……那……」小安想了想，雖然搞不清楚但是想著找媽媽總是對的，只是當他起身要奔進屋，卻見到來關注他是否安全的母親隔著已經站在門口看著那位自稱他爸爸的人，而且臉色有一點點不對。

「小安，過來。」方海筠看到韓睿毅了，她承認自己有點吃驚。

他為什麼來了？

他知道了什麼？

訝異的方海筠接住奔來的兒子，勉強穩住自己的心神，逼迫自己冷靜下來，可兒子一開口就問外頭那叔叔說自己是他爸爸，她認同了，但在孩子問她能不能讓外面的叔叔進來時，她卻下意識搖頭說了「沒有必要」，誰知道孩子馬上就聯想到她是否討厭韓睿毅這個問題，她說著「沒有」卻沒有想讓韓睿毅進門的想法，還突然想起他老是愛生著讓她不知道為什麼的氣，馬上叮嚀孩子不可以這樣，然後想著晚餐做好了，孩子應該也餓了，吃飯才是要緊事，因為她還是不認為韓睿毅的出現是為她而來。

只是湊巧吧？她想。

　　這時的方海筠選擇當隻鴕鳥,因為韓睿毅從來就不會是屬於她的,所以即便她妄想過也不願意承認。

二十五、坦白

　　她依然不在乎他，即便她生了他的孩子，她還是不在乎他！

　　這個認知雖然一直都有，但到這種時刻韓睿毅必須承認自己已經快被擊倒了，就在他親耳聽到孩子問方海筠說他是不是爸爸而方海筠說是但他卻沒有進門的必要時，他就覺得自己這三年多的尋找就像路邊的石頭一點價值也沒有。

　　「你為什麼在這裡！」

　　忽然間一道帶著憤怒與質問的嗓音從耳邊傳來，韓睿毅轉頭一看，發現是 Alexander，頹靡的狀態立刻滿血復活。

　　「沒想到你的住處這麼樸實，居然不是豪宅只是一座帶有小庭院的平房，真是讓我訝異。」跟 Alexander 說話不用客氣韓睿毅是知道的，因為他知道對方也不會客氣。

　　「那又如何？礙到你了？你來這裡做什麼？」Alexander 防備心一直在備戰狀態，而當然他此刻也不會告訴韓睿毅這是他父母留下的房子，是他妹妹堅持要住在這裡的。

　　「你們兄妹倆都這麼討厭我，但那孩子是我的吧？」韓睿毅一針見血就直搗核心。

　　「你！你怎麼會……」Alexander 有點訝異韓睿毅怎會知道實情。

　　「如果可以請讓我跟令妹談談，也算了卻我這三年多找她找到快發瘋的心願。」不想在 Alexander 面前表現出任何脆弱，但韓睿毅的話語還是洩漏了他這三年多來是怎麼過的。

「你找她做什麼？以你的習慣不應該是看不上我妹妹嗎？」Alexander 顯然不是很願意同意。

「我的習慣有沒有變與你無關，我就跟令妹說幾句，說完我就走。」韓睿毅很堅持。

「……進來吧。」考慮了好一會兒，Alexander 才在冷瞪韓睿毅一眼後帶人進入屋內，然後在小安不解的注視下帶著小安到臥房，把客廳留給妹妹跟韓睿毅。

「所以要說什麼？」方海筠內心的波動並沒有展現在她臉上，她只是淡淡地問。

「如果我說我是愛著妳的，妳信嗎？」韓睿毅也不囉嗦直接說重點。

「什麼？」方海筠還以為自己聽錯了。

「妳消失後我一直在找妳直到現在，如果不是愛著妳，我何必要如此？我知道妳很討厭我，討厭到跟我上床之後要我當成沒發生過，有了我的孩子就想直接離開我，這些都無妨，我今天只是想讓妳知道，我是愛著妳的，就這樣，我走了。」說完，有點萬念俱灰的韓睿毅轉身就走，心裡雖五味雜陳但也慶幸自己的尋找有了個結果。

但他不會勉強她，就像當年一樣，他心態沒有變，當年他可以因為她討厭他所以只要能看到她就好，現在他也可以因為

她討厭他，所以知道她在哪過的好且孩子也好就好，然後往後
是否要偷偷來看他們母子，就是他自己的事了。

# 二十六、再也不孤單

「等一下！」

就在韓睿毅即將步出大門之際，方海筠小跑至他身後開口把人攔住了。

「怎麼？」韓睿毅轉身看著她。

「我……不討厭你……我以為是你……不，這應該說是我……」思緒很混亂讓方海筠無法把想講的話說清楚。

「妳不討厭我？」韓睿毅晦暗的表情有了一絲光亮。

「不討厭。」她從來就沒有刻意去討厭過誰，而他更從來不在她討厭的範疇內。

「那妳為什麼跟我上床後要我當沒發生過，而且懷孕了也不跟我說？」到底為什麼？

「我……我以為你跟我發生那種事是不開心的，因為你那天生氣了不是嗎？至於懷孕問題……我本來是想說的，但那時候你跟那個女明星傳出誹聞，雖然馬上被澄清了，但我想你總會找下一個，我何必去增加你的困擾。」事情大抵就是這樣。

「我不開心是因為妳說了要我忘記！還有妳不記得我跟妳說過妳來了之後我一直都是單身嗎！」雖然很想克制自己的火氣，但韓睿毅實在有點克制不了。

「但是……」方海筠覺得自己好亂。

「好，很好，我們兩個就是在妳以為我不會喜歡妳而我以為妳討厭我之中陰錯陽差分開了三年多？」韓睿毅忽然覺得此事有點可笑，但他又笑不出來。

果然是報應，是他風流成性的報應，讓人沒有安全感所以才會導致這樣的結果，但很顯然方海筠也認為自己有錯，破天荒主動抱住韓睿毅。

「我覺得是我……太自以為是才會讓小安過了三年沒有爸爸的口子，但我真的不習慣去……去抓住自己認為不可能可以抓住的東西，所以……」而韓睿毅就是她認為自己不可能抓住的人。

「我懂了，妳想要卻又覺得我不可能是妳可以抓住的人，所以在那椿烏龍誹聞之後妳覺得有孩子就好，所以就跟著妳哥來了美國是嗎？」至於 Alexander 為什麼會是她哥哥，這種問題韓睿毅認為就留到之後再談吧，反正她有了親人是好事，雖然對象他著實不怎麼滿意。

「對……」方海筠在他懷裡輕輕點頭。

「我們都是傻子，誰也別笑誰，反正都傻。」韓睿毅笑了，順帶摟緊她。

「現在想來是挺傻的。」方海筠無話反駁。

「那麼跟我回家吧，帶著小安一起。」他家才是她跟孩子的家，至於這裡勉強只能算娘家吧。

「……好。」猶豫了幾秒，方海筠同意了，而她的下巴也在此時被人一抬，一個溫柔的吻就這樣落在她的唇瓣上，讓她心頭一熱，情感澎拜的想哭。

他說要她跟他回家，而她知道帶著孩子回去之後，那個家就會變成「他們」的家，這是她以前曾經偷偷想過卻又馬上否決的念頭，沒想到有一天居然會變成真的，那就表示……

有丈夫有孩子有哥哥有公婆的她，真的永遠都不會孤單了對吧？

那個原本以為已經很圓滿但卻在午夜夢迴時常常隱隱覺得缺了的一角也填滿了對吧？

這樣真好，她很喜歡，而她也從韓睿毅充滿溫柔的神情中得知，他得知她是在乎他的這個事實後有多開心。

總之一切都很好，他們兩人相視而笑，然後一起走到臥房抱住兒子，覺得一切都美滿了，幸福的鐘聲正式敲響不說且肯定會持續到天長地久！

國家圖書館出版品預行編目資料

親愛的，請妳在乎一下 / 君靈鈴　合著. —初版.—
　　臺中市：天空數位圖書　2021.08
　　　面：14.8*21 公分
　　　ISBN：978-986-5575-51-9（平裝）

863.57　　　　　　　　　　　　　　　110013314

書　　　　名：親愛的，請妳在乎一下
發　行　人：蔡秀美
出　版　者：天空數位圖書有限公司
作　　　者：君靈鈴
編　　　審：非常漫活有限公司
製 作 公 司：煖行生活有限公司
美 工 設 計：設計組
版 面 編 輯：採編組
出 版 日 期：2021 年 08 月（初版）
銀 行 名 稱：合作金庫銀行南台中分行
銀 行 帳 戶：天空數位圖書有限公司
銀 行 帳 號：006-1070717811498
郵 政 帳 戶：天空數位圖書有限公司
劃 撥 帳 號：22670142
定　　　價：新台幣 280 元整

電子書發明專利第　I　306564 號

*Family Sky*

紙本書編輯印刷：
電子書編輯製作：
天空數位圖書公司 E-mail：familysky@familysky.com.tw　http://www.familysky.com.tw/
地址：40255台中市南區忠明南路787號30F國王大樓　Tel：04-22623893　Fax：04-22623863